Nadie descubrirá tus huellas

Nadie descubrirá tus huellas

(Novela policíaca)

Luis Alejandro Polanco • Mara Daisy Cruz
Awilda Cáez • Layda Melián
Milagros González Rodríguez

Amalgama G7
COLECTIVO LITERARIO

País Invisible Editores
Editorial SANTUARIO

Nadie descubrirá tus huellas

ISBN: 978-1-64131-172-4

© Luis Alejandro Polanco, Mara Daisy Cruz, Awilda Cáez,
Layda Melián y Milagros González Rodríguez

Primera edición: abril de 2019

Correo electrónico de los autores: amalgamag7@gmail.com

Editor y concepto creativo: Emilio del Carril (emiliodelcarril@gmail.com)

Correctora: Mariana González (marianagonzalez.edicion@gmail.com)

Diagramación: Eric Simó para Zejel Media Group (ericji28@yahoo.com)

Diseño de cubierta: Julio A. García Rosado (jagr84@gmail.com)

Fotografía de los autores: Eduardo Pérez (info@eduardoperezstudio.com)

País Invisible Editores
San Juan, Puerto Rico
Tel. 787 649-1281

Editorial SANTUARIO
Av. Pedro Henríquez Ureña No. 134,
La Esperilla, Santo Domingo, Rep. Dom.
Correo electrónico: editorialsantuario@gmail.com
http://editorialsantuario.blogspot.com
Tels. (809) 412-2447 / (809) 637-1918

*Pensaba que era destino de las leyes no menos
socorrer a los ciudadanos que amedrentarlos.*

VOLTAIRE, *Zadig*

-1-

Sentí la botella vacía de vodka entre mis senos al tratar de levantarme. Vi en su interior el arete de oro blanco trenzado con un remate que sostenía una perla. ¿Por qué uno solo? ¿Cómo llegó hasta ahí? Glori los llevaba puestos; por cierto, me sorprendió vérselos porque los asocié con unos iguales que tuve hace muchos años. Desperté como a las seis de la mañana en su apartamento por el ruido de las sirenas. Me atemoricé al escuchar gritos y ver a la policía derrumbar la puerta. Intenté ponerme de pie, a pesar de estar aturdida, un poco borracha y somnolienta. Me había quedado dormida en el sofá. Los vecinos que se asomaron, entre ellos usted, se pasmaron al verme allí, pues Glori vivía sola, sin mascotas ni amores, aunque se murmuraba en el condominio que el último romance la entusiasmó mucho.

En ese momento no sabía que la habían encontrado tirada sobre un montículo de arena en una construcción a dos calles más abajo de donde vivimos. Pobre Glori, no llegó a cumplir los cuarenta y dos, a pesar de que jamás admitía su verdadera edad. Ya no tendrá el afán de las dietas rigurosas para mantenerse delgada, ni la obsesión de lucir la piel acaramelada que la hacía ver más sensual. Las cremas, tintes, perfumes… todo desapareció. Para muchos, era una mujer de la A a la Z, por eso no entienden cómo una persona con tantos atributos murió de forma tan brutal.

Hallaron su cadáver boca arriba en el terreno de un edificio a medio construir de la calle Unión. El gato que usted tanto adoraba y al que trataba como un bebé, Sandro, creo que se llamaba así, no llegó a su apartamento esa noche y salió a buscarlo antes de que amaneciera. Sé que ahora no recuerda, Misiselin, pero usted daba la vida por ese felino de Angora. No me parece casualidad que su escapada coincidiera con las horas del asesinato. El animal era tan siniestro como usted. Por mi madre que lo tenía embrujado para que acechara los pasillos del edificio husmeando la vida ajena, con el rabo levantado como un radar. Le confieso que me erizaba cuando la encontraba con el gato en el vestíbulo. En una ocasión entramos juntas al elevador, ¿se acuerda? No sé para qué le pregunto. Mi nariz no pudo tolerar el olor a flores de muerto e incienso que tenía enredado en su vestido. Además, el contraste del cabello blanco con las cejas negras, exageradamente arqueadas, le daban una apariencia maléfica. Cuando su mano venosa se extendió para presionar el botón de nuestro piso, observé un anillo de matrimonio masculino en su dedo pulgar. Supuse que era el de Ventura, ese marido suyo, misteriosamente desaparecido. El pobre salía pocas veces de su casa, según los vecinos; nadie sabía la fecha exacta en que dejaron de verlo. Desde ese día me pregunté: si se esfumó de la faz de la tierra, ¿por qué dejó el anillo?

Los vecinos decían que usted le había hecho una brujería a Glori porque Ventura, antes de «desaparecer», siempre se fijaba en sus carnosas nalgas cuando se encontraban en alguna parte del edificio. Sin embargo, desde que su esposo dejó de estar a la vista, ustedes dos se relacionaron. Recuerdo cuando doña Reina me contó que Glori le pedía a usted consejos de cómo conseguir y retener a un hombre, y de que le compró un san Antonio para amarrar a un amigo. Glori se afianzó a sus brujerías como una sanguijuela se pega a la piel, para no perder al gallo de los huevos de platino.

También supe que usted estuvo media hora buscando al gato y lo encontró lleno de sangre gimiendo encima del cadáver, y que después regresó gritando que tenía que llamar a la policía. Según los comentarios, a Glori la encontraron con la falda levantada y los pantis bajados hasta las rodillas. Le faltaba un zapato que luego hallaron atascado en el fango. Había llovido en la tarde y el terreno estaba saturado. Cuando me lo dijeron tuve un sentimiento de culpa porque la envidié esa noche. Estaba tan bella, vestida con un traje sin mangas de una tela blanca brillosa, como los kimonos de las geishas; muy bien enjoyada, lo que me dio un poco de rabia cuando nos encontramos en el elevador antes de irnos al *pub*. Por la descripción de la posición del cuerpo, muchos pensaron que podía tratarse de una puta fina, una *escort,* así es como les llaman en el área de los hoteles de Condado. Si lo hubiera sido, la habrían coronado la reina de las prostitutas.

Le pedí a un policía que me llevara a donde estaba el cadáver. Se negó porque, según él, era inoportuno estar allí. El área seguía acordonada para evitar que se alterara la escena. Siempre me quedará el recuerdo de lo que me contaron e imaginé.

Me acomodé en el sofá lo mejor que pude para disimular las ganas de vomitar. La resaca y la tragedia de la muerte me tenían el estómago al revés. Mi vestido azul oscuro estaba húmedo; sujetaba en la mano derecha la cristalina botella de vodka, que estaba vacía con el pendiente aún adentro. Tenía los ojos entreabiertos por la luz fulminante que encendió uno de los policías en el comedor. Quedé desconcertada cuando escuché la noticia, y mi mente, retrasada por el efecto del alcohol, se convirtió en un remolino de dudas. Me sobrecogí al pensar que pude ser yo la muerta. El investigador asignado al caso indagó sobre varios asuntos:

—Esa botella, ¿qué tiene adentro? —preguntó el agente Olmes.

—Un arete.

—¿Por qué está ahí?

—No lo sé. No recuerdo nada —contesté asustada.

—Su amiga... —dijo y pasó la página de su libreta amarilla—. Gloria, ¿usaba drogas? Cocaína, para ser específico.

No pude contestar, pues no lo sabía. Lo noté en su mirada: me juzgaba como una loca desmemoriada que amanecía en cualquier cama después de irse de juerga por alguna barra de la ciudad. Su juicio estaba errado. Le comenté al oficial que Glori era bailarina y, según ella, durante varios años trabajó en el departamento de finanzas en un bufete de abogados y que yo soy enfermera en este hospital. Hablar de ella en pasado me obliga a detenerme y enfrentar la triste realidad del presente: nuestra vecina ya no existe.

Me han interrogado en mil ocasiones. Les he dicho todo lo que sé, pero para ellos no es suficiente. En mi último recuerdo, Glori y yo caminábamos hacia el condominio donde vivíamos.

¡Cogimos una juma! Pedimos un taxi, pero quisimos tenderle una broma al taxista para que cuando llegara no encontrara a nadie esperándolo. Caminábamos felices ante la libertad de una noche sin luna. Vociferamos y reímos sin preocuparnos si la gente dormía o no. Además, si todos descansaban dentro de una habitación con aire acondicionado, qué más daba. El ruido del exterior no debía molestarles. Una llovizna nos acarició y comenzamos a cantar a viva voz «llueve y no para de llover…». Al rememorar ese día no logro entender por qué entré a su apartamento; tampoco sé la razón por la cual ella volvió a salir o si nos separamos antes de llegar al edificio. No recuerdo por qué amanecí con la botella de vodka vacía entre mis senos ni quién puso el arete adentro. Y, menos aún, por qué Glori tenía otra botella similar en su vagina, con el otro arete. ¿Sería posible que alguien hubiera entrado con nosotras al apartamento? Si fue así, ¿por qué nuestra vecina salió nuevamente a la calle? Debe haber una razón muy poderosa para que la penetraran con el cuello cristalino del Absolut. Tampoco comprendo cuáles circunstancias la llevaron a tener un pedazo de varilla traspasándole la espalda hasta perforarle el pulmón. Dejarla allí tirada hasta desangrarse fue un acto perverso.

Usted, la difunta y yo vivimos en el mismo edificio. Allí me topé con ella unas semanas antes de que la mataran. Muchas veces coincidimos en el pasillo cuando yo salía a botar la basura y Glori regresaba a su apartamento. La saludaba de lejos, por cortesía, aunque la vecina no mostraba indicios de querer entablar alguna relación conmigo. Eso pasa en muchos condominios: la gente es bien cautelosa a la hora de escoger a sus amistades; a veces es preferible mantener la distancia. Nunca sabía a qué hora llegaba o salía Glori. Yo presumía que por su trabajo tenía un horario flexible. Lo confirmé la noche que me enteré de sus labores con unos abogados. Fue casi a las nueve, cuando apareció Renato, mi ex. ¿Se acuerda de él? ¡Era su *handyman!* Además de insultarme, estuvo a punto de tumbar la puerta a patadas. Yo me mantuve quieta en la cocina, escuchándolo; pensaba que si no hacía ruido, se iría. Ya habían pasado más de cinco minutos y todavía se oían sus gritos. Entonces percibí una voz de mujer, muy cortés, aunque de tono fuerte. Era Glori exigiéndole a mi ex que se fuera del edificio porque si no llamaría a la policía. ¡Me extrañó que usted no saliera, pues se creía la vigilante oficial del condominio! Bueno, la cosa es que Glori hasta lo amenazó con pegarle un batazo. Abrí la puerta por miedo a escuchar a Renato dar detalles de mi vida. Odiaba que los vecinos conocieran mis intimidades, ya me había mudado par de veces por problemas de esa índole. Por eso a usted la tenía a raya. Cuando la gente ve a una en medio de un escándalo como ese, empieza a juzgar, chismorrear, señalar y creerse mejor. Con esos complejos de superioridad aparecen las miradas de reojo, los silencios en el ascensor, las caras largas… en fin, todos esos gestos que son indicios claros de escrúpulos infundados.

Encontré a Glori en posición de ataque, detrás de Renato, agarrando un bate de aluminio como si fuera a pegarle de la misma forma que se le hace a una piñata. En ese instante todo su refinamiento desapareció. El visitante se mantenía pegado a la puerta para no entrar en disputa con la vecina entrometida. Aunque sé que él hubiera sido capaz de arrancarle el bate y golpearla en la cabeza como si fuera una bola de béisbol, no le convenía meterse en más problemas. Cuando hizo un intento de explicar sus razones para semejante escándalo, intervine rápidamente, lo mandé a callar y amenacé con denunciarlo; esto hubiera sido terrible por su estatus de indocumentado. Renato me miró con cara de «tú no serías capaz de hacer eso» y fue en ese segundo que Glori se expresó con más coraje. Bajó el bate de aluminio y lo recostó de la pared. Cruzó los brazos antes de empezar una cantaleta acerca de no recuerdo qué ley. Me dio la impresión de estar ante una actuación de película. El insolente cambió a una actitud más sumisa cuando la escuchó hablar sobre su antiguo trabajo con un fiscal y las importantes conexiones con el Gobierno que aún mantenía. Los ojos de Renato reflejaban miedo. Accedió a desaparecer y juró no acercarse a mí nunca más, sin importarle en qué lugar del mundo me volviera a ver. No le creí; su acoso siempre estaría latente aquí, en Cuba o Japón. Camino de regreso al ascensor, volteó la cara y aprovechó que Glori estaba de espalda para empuñar la mano derecha. Sacó el dedo medio con un gesto de «métetelo por donde te quepa», luego la miró de arriba abajo. No quise comentarle nada a nuestra vecina. En mi último recuerdo de Renato, lo veo antes de entrar al ascensor: su nuca adornada con una cola que casi le llegaba a los hombros.

Desde entonces me sentí en deuda con mi defensora. Prefiero olvidar rápidamente a quienes no volveré a ver para esquivar el sufrimiento, pero con Glori ha sido todo lo contrario. Al pensar en ella, su imagen me da saltos en la mente, como el rabo de un lagartijo que acaban de arrancarle de raíz.

Justo una semana después del asesinato, me llamó el agente Alfredo Olmes. Según él, las pruebas demostraron solo residuos de vodka en las botellas de cristal. El hallazgo me pareció tan obvio. ¿No le había dicho que estábamos bebiendo y nos emborrachamos como unas dementes?

—Trate de recordar —me pidió Olmes por el auricular, mientras se sacudía la nariz.

—Ya le he dicho que no recuerdo nada de lo que pasó esa noche.

Se le notaba en la voz la impaciencia y el coraje por mi falta de memoria a causa de los excesos con el alcohol.

Al día siguiente, sábado por la tarde, cuando revisé la correspondencia, encontré un sobre de manila. No tenía remitente. Adentro había un papel blanco sin líneas ni dibujos, y una oración escrita a mano con tinta negra:

Mayté, a su amiga la mató un hombre.

A pesar de ser, supuestamente, la última persona que compartió con Glori, descarté el temor de convertirme en sospechosa del crimen, porque no hallaron ni una gota de sangre en mi ropa y tampoco tenían ninguna prueba para acusarme. «¿Quién rayos enviaría esto?». Pensar que el autor de la nota supiera quién soy y dónde vivo, y alegara conocer quién mató a nuestra vecina, sacudió mi poca tranquilidad. Llamé al agente Olmes de inmediato.

—No vuelva a tocar esa nota. Voy para allá enseguida.

Después de examinar el anónimo me informó lo mismo que ya sabía: provenía de algún lugar de San Juan porque el matasellos, fechado el 12 de diciembre de 1986, lo indicaba. Sus pesquisas eran tan simples. Parecía que

Olmes jugaba conmigo o me ocultaba la verdad a fin de no estropear la investigación. Quizás él pudo crear el anónimo para ver cómo yo reaccionaba al recibir el mensaje sin firma: ¿comunicarme con él o entorpecer el proceso de resolver el crimen de Glori? Gracias a Dios, lo llamé de inmediato cuando recibí la correspondencia, porque si él hubiera sido el autor de la nota, como sospechaba, yo estaría en graves problemas de no haberlo hecho. Esa última conversación me dejó convertida en una paranoica, lo acepto.

Nuevamente, el lunes 22 encontré en el buzón otro sobre, ahora sin sello. No podía dejar de pensar que el autor de los anónimos buscaba acabar con mi tranquilidad. Esta vez la oración era más corta:

Soy un cobarde.

-2-

*L*a noche de la discusión frente a la puerta del apartamento de Mayté no reconocí a Glori de inmediato, porque le estaba dando la espalda. Sin embargo, cuando nos vimos de frente, ella comenzó a fingir como toda una actriz. Yo sabía tantas cosas de ambas que, si abría la boca, hubieran sido ellas las perdedoras, pero no me interesaba dañar la reputación de ninguna entre los vecinos del condominio; por eso me retiré, para continuar con el teatro de Glori. Lo que nunca supe fue por qué esa reacción de rabia al defender a Mayté, si ella aparentaba ser tan dócil. Hasta entonces desconocía que Glori vivía en el condominio de mi exnovia.

Yo hacía trabajos de mantenimiento para Misiselin y su marido, Rigoberto Ventura. Pintaba, cambiaba bombillos, destapaba tuberías, reparaba muebles y hasta los llevaba a citas médicas. Él tenía un Montecarlo del año ochenta, pero ya no lo conducía por su glaucoma, y yo me arriesgaba a manejarlo con la licencia de Colombia. Don Rigoberto estaba ciego por un ojo y con el otro veía borroso. Cuando me llamaban, acudía enseguida porque un indocumentado tiene que buscarse la plata a como dé lugar. A mí me gusta ayudar y si la colaboración viene acompañada con una buena propina, la labor se hace mejor. La paga de los Ventura siempre era muy generosa. En mi país, antes de camellar para Jairo «el Coco» Estrada, vendía seguros y el dinero nunca me faltaba, pero la ambición de tener mucha plata me cegó y por eso caí en la red del narcotráfico.

En una ocasión, Misiselin llamó a la pensión donde me hospedaba y dejó un recado para que pasara por el condominio. Fue la primera vez que tardé dos días en prestarles mis servicios porque trabajaba en otro lugar. Así es la vida del todero, hoy aquí y mañana allá. Cuando llegué al estacionamiento, vi un letrero en uno de los balcones que anunciaba el alquiler de un apartamento. Para ese tiempo era novio de Mayté y buscábamos un lugar para mudarnos, pues el estudio donde ella vivía resultaba muy pequeño para los dos. Antes de subir, anoté el teléfono de la agencia para comentárselo. Misiselin quería instalar unas tablillas de cristal; a su altar entre santos, flores, velones, la Biblia abierta, una vasija de porcelana con agua, rosarios y varios escapularios, sobre un mantel blanco, no le cabía ni una estampilla del Divino Niño Jesús. Vi un cuadro boca abajo tirado en el piso y me dispuse a recogerlo.

—¡Cuidado, Renato, déjalo ahí! ¡No lo toques! —gritó aterrada Misiselin.

—Solo quería ayudarla. Usted o don Rigo pueden tropezar y caerse.

—No sabes… Cuando un santo se cae hay que dejarlo en el suelo tres días sin recogerlo, porque de lo contrario alguien muere.

—¡Qué cosas dice! Pero bueno, cada quien con sus creencias, Misiselin.

—Muchacho, no te preocupes, mañana se cumplen los tres días y lo cuelgo de nuevo. Pon un clavo más fuerte en la pared.

—Perfecto. Présteme una escoba para barrer los vidrios.

—También eso lo haré mañana porque ni siquiera los cristales se pueden recoger ni botar. Todo es un ritual muy serio.

***

A Glori la conocí en la discoteca Together en Santurce. Cierto día un compañero de la pensión tocó a la puerta de mi habitación para invitarme a ver a una vieja que bailaba, mientras tocaba un instrumento de una manera exageradamente sensual; no me dijo cuál. Insistió mucho en que lo acompañara. Acepté porque era viernes y al otro día no tenía nada previsto y podía levantarme a cualquier hora. Había trabajado cuatro días seguidos esa semana; beberme un par de birras sería el premio por mi sudor.

El espectáculo comenzó con dos comediantes haciendo chistes de los políticos. Luego, hubo imitaciones de Michael Jackson, Iris Chacón, Raphael y, no sé si realmente era la Sophy o su doble, por la voz y la pinta, pero estuvo genial. La canción «Un amante así» cerró la segunda parte de la función. Entre el público divisé manoseos y besos de algunas parejas que se aprovechaban de la luz tenue del ambiente. La Marilyn Monroe de la noche caminó en dirección a la mesa donde nos encontrábamos. Venía masticando chicle. Se acercó y me preguntó al oído con una voz penetrante:

—*Do you want a private show?*

—¡No! —respondí espantado, apartando con rapidez mi cabeza para evitar la cercanía de su rostro cuando su lengua rozó mi oreja. Sentí asco; me limpié inmediatamente con una servilleta.

Sin ningún escrúpulo también le preguntó a mi amigo si quería un *show* privado. Él dio unos manotazos al aire como para indicarle: «Largo de aquí». Siguió mesa por mesa, hasta que un cucho se levantó, la tomó de la mano y se fueron juntos. Las luces parpadearon dos veces para indicar el comienzo de la parte culminante del espectáculo:

—Chicos y chicas: con ustedes la diosa de las divas, como transportada del Olimpo, en cuerpo y alma, aquí en la discoteca Together. ¡Recibamos con un fuerte aplauso a la Glori de Puerto Ricoooo!

Ella amenizaba parte del espectáculo de los martes, viernes y sábados a las once y treinta de la noche. El público arremolinado alrededor de la tarima no nos permitía ver a la estrella a los que estábamos sentados. La acogida de la artista fue como si estuviéramos recibiendo a Donna Summer. Todos querían írsele encima. El animador exhortó a la audiencia a regresar a sus asientos o permanecer de pie en la parte trasera del negocio. Ella no iniciaba su actuación hasta restablecerse el orden. Entre aquel caos sentí temor. Las instalaciones eran inseguras: mucha gente y ninguna vigilancia dentro, solo en la puerta de entrada. Por largo rato la mujer permaneció tranquila, sonriente; parecía un maniquí de escaparate con su piel bronceada, que lucía metálica ante los destellos de luces. Vestía una licra dorada brillante, bien ajustada; casi se le salían las tetas. Tenía un cuerpo escultural.

Cuando todos se calmaron, hizo unos malabares con las baquetas del xilófono y luego comenzó a castigar los listones de madera del instrumento como una sádica. La repetición continua sobre las bandas provocó un estruendo musical de la «Quinta Sinfonía de Beethoven». Esa noche descubrí a una virtuosa del xilófono, construido especialmente para ella. Era un instrumento de patas gruesas con un tope en el que se distribuían, en láminas de madera trasversales, las notas musicales pintadas con los colores del arcoiris. No pude apartar la vista de la mujer que contorsionaba el cuerpo al compás del sonido de los listones. Cuando la vedete lo golpeaba con las dos baquetas, resonaba en las mesas, en las sillas, en la barra y en los oídos y corazones de los asistentes. Glori poseía una destreza prodigiosa y le sacaba tonos increíbles al instrumento, combinándolos con bailes de vientre y cadera que encendían las pasiones hasta del más santurrón.

Disfruté de su espectáculo en múltiples ocasiones. Todos querían verla cuando se acostaba sobre el xilófono y frotaba el pubis con el casquillo de la vara, y con la otra baqueta golpeaba una, dos, tres láminas consecutivas. En un momento del espectáculo elegía al azar a alguien del público y, mientras se movía provocativamente, le entregaba la varita mágica para que le tocara sus zonas eróticas. Luego, con los efectos de las luces y el humo, dos hombres la elevaban, sujetándola por las caderas, y la colocaban sobre una pequeña tarima más alta. Continuaba bailando acompañada de una pista musical. En ese momento era la más grandiosa y excelsa reina del placer, lo que provocaba el despertar de ardores ocultos. Al terminar la función con gritos, aplausos y suspiros, muchos se quedaban con la ilusión de querer ser como Glori. El tiempo se esfumó. La primera noche quedé flechado; me olvidé quién era y dónde estaba.

Allí la conocí, al igual que a gente importante como el desarrollador de proyectos inmobiliarios. A pesar de ser una discoteca de no muy buena reputación, desfilaban hombres y mujeres transfigurados con una peluca, unas gafas de sol, una bufanda, con el único fin de que no los reconocieran y divertirse o fisgonear.

Con la culminación del espectáculo volví a la realidad. Quería orinar. Camino al baño los roces accidentales eran inevitables, aunque sentí toques perversos. Algunas manos anónimas me agarraron el trasero. El lugar estaba repleto; varios tenían los ojos clavados en los orinales mientras esperaban su turno, otros curioseaban los genitales del vecino. Vi a uno prácticamente pajeándose sin vergüenza alguna. Por eso preferí esperar por una cabina. No puedo orinar si me miran. Iba a cerrar el privado, cuando un joven empujó la puerta; quería entrar conmigo. Bruscamente la tiré contra su cara y retrocedió de inmediato.

La discoteca necesitaba seguridad y un poco de orden, volví a pensar al salir del baño. Pregunté por el administrador. Uno nunca sabe quién requerirá ayuda para alguna tarea. En un lugar como ese daba temor entregarle mi tarjeta de presentación a cualquiera porque solo tenía mi nombre, el número de teléfono de la pensión y un eslogan que decía: «Hago de todo». El dueño estaba en una esquina de la barra, observando el movimiento del local, y al presentarme se la entregué y me puse a sus órdenes.

—¡Jorge, vámonos ya! —grité porque la música a todo volumen no permitía escuchar. Le podía romper los tímpanos hasta a un sordo.

—Pero bendito, no seas pendejo. La noche apenas comienza.

—Si quieres, quédate. Vine a ver el espectáculo y ya se acabó. Además, no me gusta mucho el ambiente.

—Bueno, ¡allá tú! Yo termino esta cerveza y a lo mejor me doy otra.

Nos despedimos con un apretón de manos. Miré para todos lados, mientras, caminaba hacia la salida con la ilusión de ver a Glori, pero no la encontré. En mi memoria solo quedó ella y la música repercutiendo en mis oídos, incluso al otro día.

***

Las noches oscuras, de dudas y miedos, que padecieron muchos santos cuando sufrieron el abandono de Dios, esas de las que hablaba Misiselin, se convirtieron para mí en una semana de atardeceres lúgubres. Me sentí desamparado en una isla extraña. Mi pensamiento solo tenía un nombre: Glori. Su música y movimientos seguían perturbándome. Pensé en ella en la cama, en la ducha y hasta raspando y pintando una casa. El viernes terminé mi labor de pintor con bastante plata en el bolsillo. Envié unos cuantos dólares para Colombia y fui a la New York Department Store a comprar una camisa blanca de manga larga y un pantalón negro. Quería parecerme a un ejecutivo de la Milla de Oro, de esos que se quitan el saco y la corbata para irse de juerga los viernes. Aproveché un especial y compré el perfume Drakkar Noir por su aroma a bosque y madera. Me gustan las fragancias fuertes y cuando la vendedora dijo que estaba compuesto de lavanda, sándalo y otras flores, no lo pensé. Recordé el comentario de Misiselin: «El sándalo te trae buena suerte». No es que crea en esas cosas, pero de esperanzas vive el pobre.

Cuando llegué a la pensión con mis bolsas de la tienda, encontré a Jorge y a Bartolo, un dominicano también indocumentado que vivía con nosotros. Estaban en el balcón divirtiéndose de lo lindo. Bartolo les tiraba piropos a todas las muchachas que pasaban por la acera, sin importar la belleza.

—Mi pana, ¿vas de viaje? —preguntó Jorge haciendo muecas con los ojos y señalando los paquetes.

—No. Gané un billetico camellando y estaba falto de ropa. Pienso ir al espectáculo de la discoteca esta noche. Sumercé, ¿quiere acompañarme?

Supe que iba a decir sí, porque estaba inclinando la cabeza afirmativamente, cuando Bartolo interrumpió el gesto:

—¡Ten cuida'o con e'te, e' pato! —dijo y se echó a reír.

—¡Y tu madre es una puta, Bartolo! —contestó Jorge rascándose la cabeza y luego se dirigió a mí—: No, hoy no puedo ir al *show*. Quizás la próxima semana.

Entré y los dejé debatiéndose sobre quién de los dos era más macho. Me rasuré la barba y puse un poco de brillantina en el pelo para acomodármelo. Se me presentó un problema de combinación: el pantalón era negro y no pegaba con el mejor calzado que tenía. Al abrir el clóset, encontré un par de tenis blancos y unos zapatos marrones de vestir. Los únicos negros eran las botas de trabajo que llevaba puestas. Con esa facha parecería un ejecutivo de segunda.

A las diez iba de camino a Together. Me sentía como un muchacho ilusionado cuando sale a visitar a su primera novia. Al llegar a la discoteca tenía el deseo de conversar con Glori y decirle cuánto la admiraba. El dueño del establecimiento estaba de portero frente a la entrada principal, porque el empleado de seguridad andaba por Jayuya en el funeral de un hermano. Se veía tan estresado que le ofrecí cubrir el puesto esa noche. Él no se acordaba de mí. Es natural con tantos clientes en el negocio. Además, yo lucía muy distinto al viernes anterior. Cuando le comenté que era el de la tarjeta de presentación con el eslogan «Hago de todo», se recordó de inmediato.

—El viernes fue la primera vez que viniste. ¿O me equivoco?

—Sí. Un amigo de la pensión donde vivo me invitó.

—Sé quién es. Estaban sentados en la misma mesa.

—Jorge.

—Viene todas las semanas. Si no aparece hoy, de seguro mañana cae por aquí. Lo estoy considerando para encargarle la limpieza del local —dijo, y luego comentó que yo le parecía un hombre serio en el que se podía confiar—. Siempre observo a los clientes nuevos, porque pueden ser problemáticos —explicó en voz baja ya que se acercaba un cliente. Como tenía el referente de Jorge, me autorizó a quedarme de portero toda la noche—. Les cobras diez dólares por persona y les das una porción del boleto para el sorteo, la otra parte es para la tómbola y la tercera es tu evidencia para el cuadre.

—¿Cómo se abre la caja?

—Por este botón. Los billetes de veinte los depositas en esta urna. No se aceptan los de cincuenta ni de cien. Revisa las carteras de las mujeres para garantizar que no traen bebidas ni armas. Es obligatorio hacerles un chequeo superficial a todos los hombres.

Al retirarse hacia el interior del local, me entregó el rollo con los boletos; estaban perforados en tres partes. Quedamos en cuadrar al final.

Pensé que en cualquier momento llegaría Glori y tendría el placer de abrirle la puerta, pero no fue así. Escuché los chistes sin sentido de los comediantes, las imitaciones de artistas, diferentes a las de la semana pasada, y, por último, el bullicio con la entrada de la vedete. Cuando comenzó su espectáculo, abrí la puerta para contemplarla de lejos, pero desde donde yo estaba no se podía ver el escenario. Luego, me enteré de que los artistas entraban por una puerta trasera que daba a un pequeño estacionamiento privado. Sentí una gran decepción. Me preparé con esmero para ella y, sin embargo, no la pude ver. A las cuatro de la madrugada el dueño vino, recogió el dinero y dijo que lo acompañara a la oficina. Cuadró la caja, restando lo que había al entregármela y verificó el resultado con los boletos. Estaba un poco nervioso porque no sabía si los números coincidirían.

—¡Perfecto! —dijo y sonrió. Me pasó tres billetes de veinte y agregó—: ¿Está bien así?

—Sí, muchas gracias.

—¿Repíteme tu nombre?

—Renato.

—Yo soy Aureliano. Ha sido un placer. Te espero mañana a las nueve para continuar con la tarea.

—Buenas noches. Que descanse, don Aureliano.

—Dime Aureliano, a secas.

—Muy bien. Gracias por la confianza.

Trabajé todas las noches por una semana, excepto el lunes. Bartolo tenía razón: Jorge era homosexual. Al día siguiente llegó tal y como lo había pronosticado Aureliano. Caminaba con el brazo apoyado en el hombro del joven que trató de entrar conmigo a la cabina del inodoro. Al verme se puso pálido y de un arrebato quitó el brazo del cuerpo de su acompañante.

—Mi pana, guárdame el secreto.

El mismo Giovanny, el amante de Jorge, comentó en una ocasión que mi compañero de pensión me había llevado a la discoteca aquella noche para darle celos. La razón de seguirme hasta el baño era para corroborar que no había nada entre nosotros. Estaba en medio de un mundo lleno de chismes, envidias y vanidades. Debía ser más cauteloso, no quería ser el conejillo de Indias de nadie. Cuando vine a camellar el jueves encontré a Jaime, el portero, recostado de la puerta; había regresado. Me presenté diciéndole que lo sustituí durante su ausencia. Le pedí entrar para hablar con el patrón.

—¿Te quieres quedar trabajando con nosotros? —preguntó Aureliano cuando me vio parado en el umbral de la oficina.

—¡Sí! —contesté sin vacilar.

No me gustaba el ambiente, pero ya no podía con la incertidumbre de si mañana tenía trabajo o no. A los únicos clientes que continué ofreciendo servicios particulares fueron a los Ventura. Ellos llamaban de cuando en vez. A partir de ese jueves permanecí adentro de la discoteca, poniendo un poco de orden, sirviendo en algunas mesas y hasta limpiando. El trabajo lo hacía contento, pues al otro día volvería a ver a Glori.

La mujer no socializaba con los clientes. Una vez terminaba su presentación, se cambiaba de ropa en el camerino y se marchaba. Por eso no la vi el sábado ni el martes. Tampoco frecuentaba la discoteca los días libres. Su vida era un misterio y eso le daba un encanto particular. Ante mi insistencia, un viernes me la presentaron. Esa misma noche conocí al hombre que la asesinó.

Esperaba a Renato en la oficina que está en el vagón de la *construzione* de Miramar. Se suponía que iría para discutir la estrategia del *progetto* que le propuse al *senatore* Carelio Paredes. Mientras lo esperaba, revisé varios documentos y planos para la reunión que tengo hoy. Después decidí lavar el puño de la camisa ya que se había manchado con vino en el casino; la dejé tendida para que se secara. Me di un par de wiskis, y cuando empecé a cabecear me recosté en el sofá hasta quedar dormido. En una vuelta caí al suelo y desperté. Estaba a punto de amanecer. Al apagar el componente de música, he sentido gritos. Desde el tráiler no podía distinguir si eran de *donna* o de hombre. Aunque reconozco que los *maschi* no suelen gritar de ese modo, a menos que sean maricones. Estos tipos cuando están descontrolados chillan más que una *donna* acorralada. Me puse la camisa y salí apresuradamente. Caía una llovizna. La tierra estaba mojada y resbaladiza. Caminé hacia los gritos. Varios pasos adelante me encontré de frente a Misiselin con el gato entre los brazos. Levanté la mano para saludarla y noté la expresión de *orrore* en su cara. Tenía la *bocca* abierta y el ceño fruncido. Busqué a ver qué la aterraba tanto y divisé un bulto. Poco a poco, por los materiales dispersos en el terreno, llegué hasta él y pude apreciar que era una persona. La luz que llegaba del poste de la calle me permitió verla mejor. ¡Era Glori!, con los ojos abiertos y un *gesto di dolore* en su cara. Vestía un traje *bianco,* manchado de *sangue,* particularmente en el área del pecho, por donde salía una varilla. La lluvia esparcía el flujo hacia el lodo y el hilo sangriento corría hacia mí. Tuve que sentarme sobre unos bloques. Intentaba mirar hacia otro lado, pero era *impossibile.* La falda del vestido estaba levantada y pude apreciar el cuello de una *bottiglia* metido entre las piernas, parecía enterrada hasta el coño. Te juro que pensé: «Domenico Lucania de la Vega, esto tiene que ser una pesadilla».

Sin proponérmelo recordé la muerte de mi esposa Zulma. La *desolazione,* la impotencia y el *coraggio* que sentí entonces aún están latentes en mi memoria. Cuando el camionero *bastardo* chocó el auto de ella y la mató, al primero a quien llamé fue a tu padre. Éramos muy buenos amigos. Fueron muchas las noches que compartíamos como *famiglia.* ¡Vaya si tomamos Chivas Regal!

No tuve *molto* tiempo para sufrir su pérdida. Apenas un par de semanas después, me llamó el *senatore* que tú conoces para que lo acompañara a La Fortaleza. Quería discutir unos asuntos conmigo y con un alto funcionario de allí. El hombre confía en mí, y mucho antes de las elecciones veníamos trabajando en un *progetto.*

Glori asumió el rol de Zulma como mi asistente. Sí, mi esposa y yo llegamos a ser solamente socios, después de una *relazione* matrimonial de *venticinque anni.* Se cansó de mis múltiples amoríos. No teníamos intimidad desde hacía mucho, pero mucho tiempo. Era una *donna* muy católica que no creía en el *divorzio* y simplemente se mudó de *camera.* Cuando falleció la extrañaba frecuentemente. Dejé todo como estaba en la casa, *ma* un día Glori me dijo que era *necessario* soltar a mi esposa, para que alcanzara la luz eterna. La Misiselin, supuestamente, le había dicho que los *morti* descansan en *pace* solo cuando los familiares no los vuelven a nombrar, se desprenden de todas sus pertenencias y se deshacen de las fotografías en las que ellos aparecen. Mi *figlia* protestó, pero seguí esos consejos. Bueno… no se puede estar solo *tutta la vita*.

Oye, mejor vámonos al sofá a conversar. Estas sillas son para chicos flacos. Un hombre como yo, de *sei* pies *e duecentottanta* libras, necesita un asiento cómodo. Aquí estamos mejor. Te voy a contar cómo conocí a Glori.

Ella fue una cortesía de mi *amico* de la juventud, Aureliano, el dueño de Together. Un día, así sin ton ni son, me invitó al local. Estábamos dándonos unos tragos y me preguntó: «¿Cuándo fue la última vez que te echaste una buena *notte?*». Por un instante dejé de fumar el cigarro, el puro cubano Montecristo número 4, y le contesté: «Mira, desde que enviudé y estoy solo, mi *figlia* vive en Boston, he *triplicato* mi *attività sessuale*». Le conté de Ana, la *segretaria* de la Junta de Planificación, con la que llevaba más de *trei anni,* pero la muy lista quería casarse tan pronto supo de la muerte de Zulma. Y yo no soy *stupido*. A mí no me caza una tipa por sexo. Ni con las zalamerías de que yo tenía los ojos verdes más profundos y enigmáticos que ella hubiera visto jamás; y que mi cabello *nero* le ofrecía un marco perfecto. Tuve que pararle el *cavallo* y decirle que yo no quería atarme a nadie otra vez. La muy pendeja me dejó. No sabe lo que se perdió. ¡Mira, tráete la *bottiglia* para acá!

Yo no la quería. Era una buena hembra. ¡Tenía un cuerpazo de *Playboy,* con unas *tette* y unas nalgas grandes!

Era inteligentísima. Me ayudó a agilizar muchos permisos. Pero eso de convertirla en mi esposa no estaba en mis planes.

¡Ah, sí!, disculpa. Te contaba sobre Glori. Pues aquella *notte,* cuando ella terminó su espectáculo, Aureliano la invitó a la mesa para presentármela. La observé detenidamente mientras caminaba hacia nosotros. Lo hacía moviendo las caderas al ritmo de la salsa que dice: «Oye mira… a que me llevo esa prieta…». Muy *sensuale,* igualito a cuando tocaba el xilófono, con el pecho erguido y las caderas levantadas. Un donaire de Gina Lollobrigida. Ya la había visto bailar y me parecía que era un mujerón. Tenía un carácter reservado, no hablaba con los clientes. Mi *amico* me había contado que, tan pronto terminaba el espectáculo, se marchaba. *Ma,* aquella noche, como Aureliano se lo pidió, tuvo que venir a nuestra mesa. No le quité los ojos de encima. Quería estudiarla, como lo hago cuando tengo ante mí un candidato para un negocio, o un político de quien quiero obtener algún *favore.* Recuerdo su ropa… era como un brasier adornado con unas cosas brillosas… colgantes. Le apretaba en la cintura, empujándole las *tette* hacia arriba. Tenía las piernas firmes y musculosas. Ya yo estaba medio borracho y me animé a ponerle la mano sobre la rodilla. ¡Ay, *ragazzo!* Si bien la puse, ahí mismo la agarró y con un movimiento suave me la colocó sobre la mesa. Comprendí entonces que no sería presa *facile.* Tendría que seducirla como hice con la quinceañera a quien conocí una tarde en la *scuola* de mi *figlia.* Aquello fue una relación de encuentros *sessuale* que terminó cuando la *ragazza* se fue a estudiar a Boston.

Precisamente, días después de conocer a Glori hice la *prima riunione* para coordinar el *progetto* en el Viejo San Juan. Era un sábado por la *mattina,* apenas transitaba la gente por esas calles angostas. Estacioné en la Norzagaray y caminé a sentarme en un muro para mirar il *mare* y a observar el arrabal de La Perla. ¡Si tan solo las olas inmisericordes que lo embisten se lo llevara enredado y limpiara la orilla de tanta basura! Pero eso es un sueño. *Ricordo* que ese día, en la esquina de un bar destartalado, tendido sobre la acera, dormía un borracho. Por la entrada principal se veían las *puttane* que regresaban después de una *notte di lavoro.* De vez en cuando una me miraba y se acomodaba las *tette,* ofreciendo su mercancía. ¡Tú sabes la sífilis y la gonorrea que debe haber por allí! No, ni pa'l carajo miro para allá. Le di la espalda al arrabal y me detuve un rato a admirar los múltiples *animali di peluche* colgados del edificio que se encuentra en la esquina del callejón de la Tanca. Después me fui a encontrarme con Renato en La Mallorquina.

A ese lo conocí también en el negocio de Aureliano. El hombre estaba buscando *lavoro*. A mí me pareció que era capaz de hacer de todo, como indicaba en la tarjeta que me entregó. Lo mismo podría cruzar a una *anziana* frente a la *construzione,* para que no fuera a lastimarse con algún escombro suelto, que convertir en pedazos al que no quisiera hacer lo que le correspondía. El tipo estaba tan agradecido porque le di *lavoro,* que me prometió ser fiel en todo momento. Pero como *non credo* en nadie, una *notte* me reuní con él en privado y le entregué una hoja para que la leyera *a voce alta* como evidencia del compromiso entre nosotros. Renato comenzó a leerla. Lo interrumpí para declamarla yo, porque me la sé de memoria:

El que reporte un delito de su prójimo a la policía es un imbécil, un cobarde y quizá un hombre muerto. Sin embargo, si hace todo lo contrario es un hombre sabio y valiente porque sabe defenderse solo. En el caso de que usted haya sido el agraviado, tendrá la obligación de velar por sus propios intereses, ya sea por sí mismo como vengador o buscando un patrón que se encargue de que el trabajo esté hecho.

Cuando terminé, me miró y contuvo una mueca de burla. Meses más tarde me enteré, por una *ragazza che lavora con noi,* que le pareció *ridicolo* el pacto, *ma* no tenía más remedio que firmar y acatar las directrices disparatadas de ese contrato, porque necesitaba un *lavoro* bien remunerado. Resultó increíble para él que le dijera que acababa de hacer el Omertà. No sé si sabes que ese es un juramento de fidelidad entre los mafiosos. Se define como la *legge del silenzio* que prohíbe informar sobre los delitos y asuntos que incumben solo a las personas implicadas. Tu padre y yo lo pronunciamos juntos. Él era una de las personas más *intelligente* que he conocido. Vivía orgulloso de ti. Eso me comentó cuando lo fui a visitar al Hospital Oncológico en sus últimos días. No éramos *mafiosi,* pero los buenos inversionistas tenemos que pensar y actuar como si lo fuéramos. Eso me lo enseñó tu padre, que en paz descanse.

Válgame, *mamma mia!* He seguido hablando y te dejé en el limbo con la historia del cadáver. Pues… cuando estaba mirando a Glori llegaron los *polizia*. Misiselin se había marchado porque temía que el alma de la *morta* intentara apoderarse de su *corpo*. La vieja loca tiene unas ideas extrañas. Uno de los *poliziotti* se acercó y me preguntó si conocía a la occisa, qué razón tenía para estar allí y por qué mi rostro reflejaba tanta angustia. Sí, así mismo, una detrás de la otra, sin darme tiempo a responder. Yo permanecí mudo. Procuré poner mi mejor cara. Era *impossibile*. Otro *agente* se acercó y después de un rato puso una mano sobre mi hombro derecho y preguntó en tono bajo:

—¿Cómo se llama?

Gloria, le contesté, porque presumí que me preguntaba por la *morta*. El agente, de apellido Olmes, me cuestionó sorprendido si ese era mi verdadero nombre. Yo le aclaré que Gloria era el nombre de la *donna morta*. Entonces la conversación cambió de tono. El oficial retiró su mano del hombro y procedió a interrogarme. De nada valió que le dijera que trabajaba dentro del tráiler con una propuesta de un *progetto molto importante* y no escuché los gritos de la vieja hasta que apagué el equipo de música. Le conté que casi me había amanecido en ese asunto. No, no le dije que temprano en la *notte* estuve en el casino, pero sí que no regresé a *la mia casa* y tampoco vi a Glori por los alrededores.

Creo que el *agente* ese, el tal Olmes, me tiene antipatía. Imagínate, un *milionario* descendiente de un italiano y una española, nacido y criado en Sicilia hasta los *dodici anni*, cuando nos mudamos a Puerto Rico; ante él yo no puedo ser otra cosa que mafioso. Cuando vio los bordes de los zapatos con *sangue* me cuestionó. Me puse *nervoso* al tratar de explicarle cómo me había acercado al cuerpo para ver la cara de la persona y sin darme cuenta pisé la *sangue*. Fuimos al tráiler para que le entregara los zapatos. Se los di y me puse unas botas plásticas que había en la esquina de la escalera. Entonces me informó que tenía que ir al cuartel.

Segismundo, *grazie* por haberme acompañado al cuartel. No se podía esperar menos de un Echevarne. *Confesso* que me preocupa Renato, pues no entró al tráiler y Glori aparece muerta en la *costruzione*. Ahora me urge *recuperare* la *documentazione* concerniente al «gran *progetto*» que él tiene en su poder. Sí, te debo contar *tutto*, pero este otro asunto es muy delicado. Ya me han advertido que si el *progetto* sale a la luz pública, la oficina del gobernador lo desmentiría y yo tendría que asumir *tutta* la responsabilidad. Viste el tono del oficial Olmes cuando me dijo: «A ver, señor Lucania, dígame qué hacía allí».

Creo que no le gustó que le dijera mi *nome* completo, Domenico Isabel Lucania de la Vega. Domenico, como *mio padre,* oriundo de Sicilia, donde nace la Cosa Nostra. Isabel es por *mia madre* que era española. *Mi dà fastidio* informar tantos datos personales: que tengo *quarantotto anni,* que soy viudo, padre de una única *figlia* y que me dedico al desarrollo de *progetti di costruzione.* ¿Les puede importar a ellos la *costruzione* de un edificio en Miramar? Me han paralizado la obra y tengo que pagar la nómina. Cada día que pasa pierdo más dinero. Espero que no sea por *molto tempo.* Ese Olmes no sabe que tengo allí una inversión de unos cuantos *milione di dolari.*

¡Tengo hambre! ¿Tú tendrás algo de *mangiare* por ahí? O mejor, vámonos al Zipperle, que este cuento es pa' largo.

Ahora, volviendo al tema… ¡Ea!, conozco a Misiselin hace como *un mese.* La *donna* reside en el mismo condominio en el que vivía Glori. Ella me la presentó un *giorno* cuando fui a visitarla. Es una *vecchia* entrometida. Cada vez que me veía llegar aparecía a pedir azúcar, café o cualquier *merda,* hasta el periódico. Su único interés era descubrir quién estaba allí y qué cosa hacía en el apartamento de Glori.

Me impactó cuando Olmes se refirió a Glori como la *morta*. Fue molesto tener que contarle dónde la conocí y, además, aclararle la *relazione* entre Aureliano y yo. Que somos *amici* desde la adolescencia, que nos graduamos del Colegio San Mateo el mismo *anno* y que nuestras *famiglie* se conocían. No entiendo qué le aporta eso a la *investigazione*. Si quiso poner una barra de *ballerini* exóticas fue porque le dio la gana. Él pudo haber puesto un negocio de *altro* cosa, pero bueno, ese le deja mucho beneficio y van algunas *ragazze* interesantes. ¡A Aureliano le encantan las mujeres! ¡Eso creo! A quién no, ¿eh?

Glori nunca me habló *della sua vita*. Varias veces dijo que tenía que contarme *qualcosa* importante, *ma* nunca lo hizo. Me parece que estaba sola en el mundo. Tan buena hembra. Me atraían sus piernas duras y firmes como las de las *atleti*. Tú sabes, las mujeres en general tienen las piernas fofas, con eso que llaman celulitis. Esta no tenía nada *di tutto questo,* cosa que no podía entender. En una ocasión le pregunté si había practicado deportes y me dijo que no; aunque sí iba al gimnasio. En fin, lo único que sé es que era brillante, muy organizada, *eccellente* en el xilófono y en la cama. Si yo hablaba de un por ciento, la *donna* hacia el cómputo en un santiamén. Una vez le pregunté si había trabajado con un contador y me dijo que sí. Aprendió a tocar el xilófono de niña. Era una bárbara en ese asunto, como ya te comenté. Y mira qué *stupido* el Olmes cuando osa preguntar: «¿*Perché* estabas con ella?». No creo que comprendió cuando le contesté. Ella era *intelligente,* refinada, muy guapa... Y a mí me interesó como *donna*.

Esta tarde ha sido un castigo. *Ripetere e ripetere,* a pesar de que tú lo interrumpías y le decías que ya me había preguntado eso. Soy viudo. Estaba en el tráiler… ¿Por qué los policías no salen a buscar a los delincuentes que me roban *il materiale da costruzione?* ¿O por qué no arrestan a las *puttane* callejeras que a veces buscan recovecos para hacer lo suyo? È *vergognoso!* Te fijaste en el lema que hay a la entrada del cuartel: «Pensaba que era destino de las leyes no menos socorrer a los ciudadanos que amedrentarlos». Por eso es que este país está como está.

A ese *stupido* agente se le ocurrió insinuar que Glori era una *escort.* ¡Con el trabajo que me dio llevarla a un hotel por primera vez! La tuve que tratar como a una señorita. Cenas costosas, películas en el cine y paseos en el carro hasta que, por fin, un *giorno* me aceptó una invitación al Dupont Plaza. ¿Tú sabes todas las *suites* que tengo reservadas con un contrato anual? No sé ni para qué te lo digo si ya has estado en algunas. No visito moteles, tengo mucho dinero para llevar a cualquier *donna* al mejor hotel de Puerto Rico. No, no me importaba que me vieran con ella. Además, *tutti* me conocen, desde los conserjes hasta el gerente general, por los negocios que tengo allí y porque voy todas las noches a jugar al casino. No te he dicho que las oficinas del «gran *progetto*» del que te hablé, sí, el del *senatore,* están ubicadas en el primer piso. Ya estamos en los toques finales de la decoración.

Scusa que siga hablando, pero es que me tengo que desahogar de este *brutto momento.* Cuando ese agente me mencionó a Victoria, me indigné. *Mia figlia* no tiene que saber nada de esto. Nunca le presenté a Glori. Hice bien. Si Victoria le hubiera cogido cariño estaría sufriendo. No sé para qué Olmes necesita saber si mi *figlia* es estudiante de Derecho en Boston.

¿Tú crees que tengo que entregarle el listado de los empleados de *la mia casa* y de la compañía? Al chofer lo deben conocer: Julio Montello. Estuvo en la *carcere* por intento de asesinato, pero a veces la gente exagera y él no tuvo una defensa efectiva. Bueno, en *la mia casa* se ha portado *bene*.

¿Sabes lo más que me tomó por sorpresa? Cuando nos siguió hasta el *parcheggio* y me preguntó por Renato y su *lavoro* conmigo. ¿Te fijaste en la cara que puso cuando he respondido que hacía lo que yo le pidiera? Después vuelve y pregunta sobre mi relación con Glori. El *stupido* necesitaba que le repitiera que fuimos pareja, amigos íntimos. Entonces, de golpe y porrazo, viene y me dice que ella salía con otro hombre; nada más y nada menos que con Renato.

¡No! ¡No es cierto! Él me lo hubiera dicho. Yo no sé de dónde Olmes se sacó esa historia de que Renato no me lo contó por miedo a quedarse sin *lavoro* y de que la dejó cuando se dio cuenta de mi interés en ella. ¡Qué muchos disparates se inventan esos *poliziotti!* Renato posiblemente salió con ella en alguna *occasione,* enviado por mí para hacer algún negocio. Él es *incapace* de hacerme una cosa como esa. Y para colmo, el charlatán de Olmes se atrevió a preguntarme si yo sabía dónde estaba Renato anoche.

Gracias a que tú me agarraste por el brazo, no me acerqué a darle un puño a ese *disgraziato*. Te agradezco que diste por terminada la *conversazione* diciéndole que me esperaban en otro sitio a las *cinque* de la tarde. Cuando salí de allí llamé a Renato, desde el teléfono del carro, y le dije: «Quiero que me aclares varios *problemi*».

- 4 -

¿Quién fue el asesino? A mí no me pregunte, inspector. Yo desperté a las cuatro y cincuenta y cinco de la madrugada, como todos los días, para escuchar a Luis Francisco Ojeda, porque me gusta enterarme tempranito de las noticias. Me extrañó no ver a Sandro en la cocina; fui a su camita y tampoco estaba allí. Lo llamé por todo el apartamento y nada, no aparecía. Salí como una loca a buscarlo, calle arriba y calle abajo, hasta que lo encontré lleno de sangre gimiendo encima del cadáver. Él le tenía mucho cariño a Gloria. En las últimas semanas, como ella me visitaba a menudo, desarrollaron una buena relación. Pobrecita, si pudiéramos interrogar a Sandro nos diría quién la asesinó.

Permítame sentarme aquí en el balcón a coger fresco; a esta edad no soy capaz de aguantar otra desgracia.

—¿Cómo que otra desgracia? ¿A qué otra se refiere?

No, inspector Olmes... no hablo de nada en particular, es que al no ver a Sandro en casa pensé que se había perdido, peor aún... que lo habían envenenado. Con tanta gente mal intencionada que hay, uno nunca sabe. Ah, ¿Sandro? Es mi gato, le puse ese nombre en honor a Sandro de América, mi ídolo. Ese animalito es el hijo que nunca tuve, lo único que me queda.

Bueno, comience a tomar nota: aquí todos me conocen como Misiselin, pero mi nombre es Elena Saldaña de

Ventura. Los hechos se remontan a seis años atrás, un miércoles 30 de abril del 1980, cuando esa muchachita, Dios la tenga en el cielo, vino a vivir aquí. Lo recuerdo como ahora porque ese día, en la madrugada, murió Luis Muñoz Marín. Puerto Rico se paralizó, parecía un Viernes Santo. Le comenté a mi marido que a quién se le ocurriría mudarse un día como ese en que todo el mundo estaba de luto.

Esa mañana me percaté de un ruido en el pasillo. Al asomarme por el ojo de la puerta, observé que cuatro hombres entraban cajas al apartamento que queda cerca del elevador. Como el mío está al final del pasillo, puedo echar un vistazo a la entrada de todos los apartamentos. Tengo un panorama amplio del piso.

Salí y le pregunté a uno de los muchachos que quién se mudaba. Me respondió que era una mujer. Quise saber el nombre de ella, de dónde venía y dónde trabajaba. El joven dejó en el suelo la caja, cruzó los brazos y me miró con los ojos desorbitados sin decir una palabra. Le volví a preguntar el nombre de la nueva inquilina, miró a sus compañeros y se echaron a reír como si yo les hubiera hecho un chiste. Esos muchachitos de ahora son tan mal educados que no respetan a las personas mayores. Salieron riéndose sin contestarme. La puerta se quedó abierta y aproveché para entrar. No había nadie, solo unas montañas de paquetes y cajas regadas por la sala y la cocina. Cuando iba a pasar a una de las habitaciones sentí un fuerte olor a habichuelas quemadas y corrí para mi casa antes de que la olla cogiera fuego.

Estuve toda la tarde echándole el ojo a los de la mudanza. Con el entra y sale conté más de treinta cajas, sin tomar en consideración los muebles y los enseres; sin embargo, no llegó la nueva vecina. Eso me tenía muy nerviosa porque por más de diez años me he preocupado por mantener el orden en este condominio. Aquí somos como una familia: cuando un residente no respeta las normas establecidas, se tiene que ir. Quería decirle las reglas a esa mujercita desde el primer día.

Como a eso de las tres de la tarde, me enteré por las noticias de que el féretro de Luis Muñoz Marín llegaba al Capitolio. Imagínese, murió de madrugada, y con el cadáver aún tibio ya lo iban a exponer al público. Le dije a Ventura que me tenía que llevar a verlo, pero en la radio decían que desde temprano la gente de toda la isla comenzó a llegar a San Juan y que las filas eran kilométricas. Estaba en una encrucijada: me iba al velorio o me quedaba para conocer a la susodicha. Si salía de aquí, no sabría quién era la bendita inquilina. Al fin y al cabo, decidí quedarme pendiente hasta que terminaron de entrar las últimas cajas. En la noche fui a echarle agua a la mata que está sobre la repisa frente al elevador; y como el que no quiere la cosa pegué la oreja a la puerta por si acaso escuchaba algo, pero nada, ni siquiera el televisor.

Dos días después, el viernes, la sentí salir temprano. Yo estaba sentada leyendo *El Mundo* en la sala; solté el periódico y, cuando me asomé, solo pude verla de espalda. A eso de las nueve y treinta de la noche volví a regar las plantas. Comencé a limpiar el polvo de las hojas para tratar de oír lo que se movía dentro del apartamento. Cuando estaba a punto de retirarme, escuché un taconeo y me planté de frente a la puerta. Al abrirse salió esta mujerona, muy hermosa por cierto, con el pelo largo, rojo, rizo como el de Iris

Chacón. Ella se asustó al verme allí parada. Yo aproveché para presentarme, y contestó con una voz sensual: «Glori Saleta».

Le pregunté de qué pueblo era y contestó de Rincón. Se disculpó porque se le había olvidado el bolso de maquillaje en el cuarto. Cuando abrió la puerta de par en par, ni corta ni perezosa, me le metí en la sala; pude ver que ya había desempacado. Por la decoración presumí que tenía dinero, pues todo parecía fino y caro.

No sé por qué regresó a buscar el bolso si todo el maquillaje lo llevaba puesto en la cara. La primera impresión que me produjo no fue buena, porque iba más apretada que una guagua a las cinco de la tarde. Tenía un leotardo dorado con unos zapatacones bien altos y unas pestañas postizas que parecían la cola de un pavo real. Además, pensé, qué mujer sale sola a esas horas de la noche y vestida tan provocativa.

Los primeros meses estuve muy pendiente de Gloria; hice mis averiguaciones con unos clientes que tengo de Rincón, pero me dijeron que no conocían a ninguna familia con ese apellido. Me extrañó que no viniera nadie a visitarla. Salía en las mañanas uniformada como toda una ejecutiva y con zapatos cerrados. Luego me enteré de que trabajaba en un bufete de abogados. Eso me lo dijo la vecina de al lado del apartamento de Gloria, doña Reina, que es la única de este piso que me habla.

—Misiselin, espere un momento. Usted me dijo hace unos minutos que aquí todos los residentes son como una familia. Ahora me sale con que a usted solo le habla una vecina.

—M'ijo, ¿en qué familia no hay desavenencias? ¡Por eso es que somos una familia! No me va a decir que en la suya no hay chismes ni problemas.

Como le iba diciendo, antes de que usted me interrumpiera, los martes, viernes y sábados, casi a las diez de la noche, lo que salía por aquella puerta era otra cosa; parecía una vedete. Esa muchacha, que ahora está tiesa y fría en una nevera de la morgue, tenía pelucas largas, cortas, marrones, negras, rubias, rojas y hasta violeta. Los zapatos que usaba la elevaban como cinco pulgadas más. Y no le digo de los trajes y el brilloteo porque es de nunca acabar. Unas veces salía con el vestuario puesto y otras lo llevaba en un gancho; lo que se veía a sus espaldas eran las plumas blancas o rosadas de su ropa revoloteando en el aire. Nos tenía a todos convencidos de que era parte de un espectáculo que se ofrecía en algún hotel de San Juan. A los dos meses averigüé con don Carmelo, el dueño de la botánica que queda en la Plaza del Mercado en Santurce, que Gloria bailaba en un bar no muy cristiano que digamos.

Mi marido, Rigoberto Ventura, se volvió loquito con ella; un día hasta lo escuché decirle al cartero que Gloria era una mujer de buenas carnes. Tomé mis precauciones porque sabía que ella podía traerme problemas matrimoniales; no era la primera vez que se enamoraba de una vecina. Figúrese, a Ventura, yo llamo a mi marido por el apellido, le dio con botar la basura a las ocho de la mañana, justo cuando ella salía a trabajar; iba al vestíbulo a recoger la correspondencia a las seis de la tarde cuando la vecinita regresaba. Si no coincidían se sentaba en el vestíbulo a leer el periódico para verla pasar. Ella, de lo más fresca, le reía todas las gracias. Eso no le duró mucho. A Gloria le grité un día en la entrada del condominio, para que todos los vecinos me oyeran, que respetara a los hombres casados. Desde ese momento ni se atrevía a mirarlo. A Ventura le dije que me había dado cuenta de que le estaba pelando el diente a la vecinita esa. Él se atrevió a decirme que yo estaba loca. Que siempre veía cosas donde no las hay y que no empezara con mis celos. Le contesté: «Permita Dios y te quedes ciego para que dejes de estar mirando lo que no se te ha perdido. ¡Sinvergüenza, venir a enamorarte de una muchachita después de viejo!».

¡Ahhh!, ¿qué escalofrío es este? Déjeme ponerme de pie. Mire, mire cómo se me pone la piel de gallina. ¡M'ijo, retírate! Pasa la luz blanca. Vete de aquí que la cosa no es contigo. ¡Dios, recíbelo en tu gloria! ¡Que cruces la luz para que de una vez descanses en paz!

Usted dirá que estoy loca… No, no hablo con usted, detective: es con una persona que murió y aún no ha cruzado el camino hacia la luz. Gloria parece que ya lo pasó porque no se ha comunicado conmigo. Algunas almas que mueren se pierden en el viaje y hay que dirigirlas para cruzar al otro plano. No se sorprenda si de repente me escucha hablar sola. Es que este espíritu tiene un asunto pendiente, y como soy sensible a las cosas espirituales, se comunica conmigo para que lo ayude.

Como le iba diciendo, estuve seis años en guardia para salvar mi matrimonio; ella ni se atrevía a saludarme, y yo, en cambio, no le quitaba los ojos de encima. Usted sabe, tuve que hacer mis cosas para mantenerla a raya; ella allá y yo acá, así estábamos todos felices. Para aquella época la visitaba un muchacho alto, bien formadito. No había podido hablar con él hasta que una noche vino a tocarle la puerta y ella no respondió; se veía desesperado. Me asomé y le comenté que no la había visto salir en todo el día. Me preguntó si podía usar mi teléfono para llamarla porque minutos antes hablaron. Pensó que tal vez Gloria se estaba bañando y por eso no lo escuchó cuando tocó a la puerta. Con gusto lo hice pasar, la llamó y oí que le propuso esperarla afuera. El hombre, de lo más amable, se presentó y me dijo que se llamaba Aureliano. Aproveché y le pregunté si sabía de qué pueblo era ella. Me contestó que llevaban mucho tiempo saliendo, pero si alguna vez ella se lo mencionó, ya no lo recordaba. Así fue como averigüé que era el dueño del famoso bar donde ella bailaba. Quise indagar si la cosa entre ellos era en serio, sin embargo, no logré nada. Los hombres con una sonrisita idiota esquivan el tema cuando de matrimonio se trata.

***

Conocí a Renato, el *handyman,* en la Plaza del Mercado de Santurce, frente a la botánica donde compro velas y otras cosas. Eso fue un viernes. No… un sábado. No, no, mentira, eso fue un lunes del año pasado; lo recuerdo porque esa noche eligieron a Deborah Carthy-Deu como segunda Miss Universo de Puerto Rico. Sí, porque la primera fue Marisol Malaret. Yo sabía que Deborah iba a ganar, se lo comenté a Ventura cuando la vi desfilar. En esa semana contraté al muchacho para que me hiciera unas mejoras en el apartamento.

Renato apenas llevaba un par de meses en Puerto Rico. Vino de Colombia. Don Carmelo, el dueño de la botánica, me dijo que buscaba ganarse un dinerito. Yo necesitaba a alguien para hacer unos trabajitos en mi apartamento y decidí poner a prueba a ese muchacho; uno no puede meter en su casa a cualquiera. Sin que él se diera cuenta lo interrogué para saber si podía confiar en él. De hecho, dejé cinco pesetas encima de la mesa para ver si se desaparecía alguna, pero las dejó toditas en su sitio. Luego vino a pintar; estuvo como tres días metido aquí. Recuerdo que le expliqué que también quería cambiar la puerta de entrada por una francesa, así no tenía que pegarme a mirar por el ojo de la puerta, con correr la cortina sería suficiente para vigilar al gato.

Yo había recortado de un periódico la foto de la puerta que quería, y fui a buscarla al cuarto cuando escuché a Ventura soplarle a Renato: «La que no ve bien es ella, que para estar averiguando la vida de los demás no le basta con el ojo de la puerta y quiere una con cristales. Dizque para vigilar al gato. Mentira, es para poder ver a todo el que entra y sale del elevador».

Cuando regresaba, paré en la cocina al oír a Renato, sorprendido, decirle a Ventura que pensaba que era mudo porque nunca lo había escuchado hablar. Ni siquiera para dar una opinión. Quedé pasmada cuando mi marido se atrevió a contestarle que evitaba hablarme porque me tenía miedo. Al pobre muchacho le llenó la cabeza de pendejadas. Le insinuó que yo era siniestra, que le había echado una maldición para que se quedara ciego. La verdad que cuando un viejo se pone maniático lo mejor es encerrarlo en una égida.

—Por cierto, ¿dónde está su marido?

—Él ya no vive aquí. ¡Vete, vete, sal de mi cabeza que no te quiero escuchar! ¡Me vas a volver loca hablándome todo el día al oído! Anda, lárgate al otro plano ya. Perdone, Olmes, pero aunque usted no lo crea, este espíritu es un indisciplinado.

—Tengo que interrogar a su marido, podría ser sospechoso; usted me comentó que Ventura estuvo interesado en ella.

—No… él sería incapaz. Además… como le dije, lo interné en una égida. Volvamos a Gloria y olvídese de Ventura. Sandro, ven, vuelve a la falda de mamá. ¿En qué me quedé? Ah, sí…, a los dos días de mudar a Ventura al hogar de ancianos, vino Gloria llorosa a tocar a mi puerta. No soportaba verla ni en pintura.

Un momento, Olmes. Chico, te dije que siguieras la luz, deja de hablarme, no puedo atender dos conversaciones a la vez. Vamos, márchate… completa tu transición, te dejo ir. Mira que hoy te prendí otra velita blanca para que te ilumine el camino.

¡Ah, sí, detective! Le decía que cuando corrí la cortina y me asomé, vi a Gloria hecha un saco de nervios. No le quise abrir. Después de los malos ratos que me hizo pasar con Ventura no me dio la gana de abrirle la puerta. Gloria insistió y, como dicen que la curiosidad mató al gato, me tomé la molestia de atenderla. De verla supe que lo suyo era mal de amores. Yo tengo un ojo para esas cosas que para qué le cuento. La senté en esa silla y le hice un té de tilo con valeriana, endulzado con miel de abeja. Antes de que terminara de tomarse la infusión ya estaba tranquilita. Prendí un incienso de copal para purificar el ambiente, y alejar así a los malos espíritus que vinieron con ella. Comencé a interrogarla. Tuve que sacarle las palabras con cuchara porque no quería hablar, hasta que le dije: «Mira, mi'jita, yo soy espiritista, pero no lo adivino todo; tienes que cooperar conmigo».

Entre sollozos, balbuceó que estaba cansada de que los hombres la utilizaran. Le comenté que ser bella no era fácil, que la entendía. Mire, detective, usted me ve ahora así, tengo setenta y cuatro años. ¿Verdad que no los aparento? ¿Ah...? ¿Los aparento o no los aparento, contésteme? Observe aquella foto en la pared, esa era yo cuando joven. Siempre recuerdo aquellos tiempos, fui de las que levantó grandes pasiones. No me arrepiento de nada; bueno, sí..., de haberme casado con Ventura. Debí quedarme soltera y gozar de la vida. Si total, con él no se podía contar para nada.

—Espérese un momentito, inspector. Déjeme abrir la puerta porque escucho ruidos en el pasillo. ¿Quiénes son esos hombres que están entrando al apartamento de Gloria?

—No se preocupe, Misiselin, yo los autoricé a buscar posibles evidencias que nos ayuden a esclarecer la muerte de Gloria Saleta.

—¿Pero usted cree, inspector, que la persona visitó a Gloria antes de asesinarla? Claro, en estos momentos eso es algo difícil de garantizar. ¿Para qué necesitan una cámara de fotografía y esos maletines? ¿Por qué no seguimos el interrogatorio allá para que usted pueda estar pendiente del trabajo?

—No es necesario.

—De todas formas, voy a dejar la puerta abierta, hace mucho calor. Voy a servirle un vaso de agua. Venga, siéntese aquí en la butaca que yo me acomodo en el sofá. A mí me gusta estar de frente a la puerta, así le aviso cuando sus muchachos terminen.

Volvamos a Gloria. La pobre me contó todas sus desgracias. Comenzó diciéndome que se había enamorado de un abogado casado que trabajaba con ella. Cuando la esposa se enteró del brete, él la dejó como si fuera un trapo sucio. Figúrese usted: tener que trabajar todos los días cerca de un hombre que se acostó con ella por meses y de la noche a la mañana la ignoraba. Y para colmo le dice que se tenía que buscar otro empleo.

Después siguió con la lista de enamorados y las tragedias de sus rupturas. Pero lo que la trajo aquí ese día fueron los desplantes de Domenico, el desarrollador. Él lo que quería desde el primer día era acostarse con ella. Yo no creo que Gloria realmente estuviera enamorada de él, porque cuando lo conocí me di cuenta de lo desagradable que es. A ella lo que le gustaba era la buena vida que él le daba. No sé si el tipo tiene dinero o vive de apariencias, pero lo cierto es que llegaba aquí en un flamante Mercedes Benz o en un BMW. Las jaulas eran bellas; sin embargo, para acostarme con un pájaro como ese, tendrían que cogerme bien borrachita. Cuando despedí a Gloria ya lucía más tranquila. A partir de ese día, convirtió mi casa en su templo y leerle las cartas del Tarot semanalmente fue su religión.

Yo le diría que ese crimen muy bien pudo haber sido el desenlace fatal de los amoríos con el tal Domenico. Ese individuo tiene cara de mafioso. Cada vez que lo veía llegar me erizaba; nunca tuvimos química. Había algo en él que chocaba con mi espíritu. Yo se lo decía, pero como a ella le gustaban los hombres con dinero, me pidió que la ayudara a retenerlo a pesar de que tenía a otros como moscas revoloteándole encima. En par de días lo puse a comer de la mano de ella.

—¿A qué clase de ayuda usted se refiere?

—No, nada... Inspector, esos son asuntos privados entre clienta y consejera espiritual.

—Misiselin, hable claro. Dígame qué ayuda le ofreció a Gloria.

No me diga que a estas alturas usted no se ha dado cuenta de que la gente viene aquí para que le lea las cartas, la taza, la vela o los caracoles, y algunas personas aprovechan para que les prepare uno que otro trabajito de brujería. La noche que Gloria vino llorando fue para que le hiciera un amarre. ¿No me diga que tampoco sabe lo que es un amarre? Era un hechizo para que el Desarrollador se volviera loco por ella.

Se lo dije la última vez que le eché las cartas: veía muerte. Lo que pasa es que los clientes no quieren saber las cosas negativas, solo lo bueno. Le advertí a Gloria que se cuidara, hasta le presté un santo. Anteriormente, le había comprado un san Antonio porque cada uno de ellos tiene su propia misión. No es que yo diga que Domenico es el asesino, ¡nooo! ¡Dios me libre!

Pudo haber sido mi *handyman*. Figúrese, inspector, que un día, cuando Renato vino a hacer un trabajo, me confesó que estaba enamorado de Gloria. Todavía él no sabía que ella vivía aquí. Me quedé calladita para no meterla en problemas. Para ese entonces ella también salía con el riquito ese. Pero... imagínese el cuadro: Renato, guapo y pela'o; y por el otro lado, Domenico, un tipo gordo, orejón y con dinero, ¿a quién usted cree que ella dejó? Por eso es que yo digo que un hombre celoso es capaz de cualquier barbaridad. Las mujeres arrastran a los hombres a hacer locuras; hasta matar, si es preciso. Otro posible sospechoso pudo ser Aureliano, el dueño del bar donde ella trabajaba. Si fuera usted los investigaba a todos.

—Espérese un momento, por qué están sacando cajas del apartamento de Gloria. No, no, yo voy para allá a buscar mi santo. Mira, muchacho…

—Doña…, doña, ¡deténganse ahí! No puede entrar al apartamento, podría contaminar la investigación.

—Mire, m'ijo, yo no estoy enferma, cómo piensa que voy a contaminar a alguien; además, hace menos de cuatro horas que me bañé. Estoy más limpia que estos muchachos que llevan aquí horas buscando cuanto recoveco hay en este apartamento. ¿Se cree que no me he dado cuenta de las bolsas que están sacando? Si los he estado mirando desde mi sala.

—Misiselin, eso es material para forense; buscamos cualquier evidencia pertinente.

—¡¿Evidencia?!, ¡jum!, ¿de qué? A Gloria la mataron dos calles más abajo, no fue aquí adentro. ¿Para qué les sirven los vestidos, las pelucas y los tacos de una muerta? Ustedes lo que buscan es dinero. Antes de que se lleven las cosas que hay aquí, vengo a buscar lo que es mío. Déjeme pasar, no me obliguen a llamar al superintendente.

—¡Llame a quien usted quiera!

—Mira, mi'jito, tú, el de la camisa verde, ¿me puedes traer de la habitación de Gloria a san Alejo? Se lo presté hace un par de días... pero como ya no lo necesita, pues urge que se le entregue a su dueña, que soy yo. De seguro que ella no le prendió las velas al santo para que la protegiera como le advertí. No tengo ninguna duda de que la persona que la mató la conocía muy bien.

ntré a la nueva sucursal del Miami Bank & Trust, que quedaba cerca de la oficina donde trabajaba. Justo en la puerta de salida, vi que a una señora se le había caído el comprobante amarillo de retiro. Lo recogí. Observé la diminuta caligrafía de las letras y los pequeños números apenas legibles. Estaban delineados con tanto cuidado que pensé que esa forma de escribir no iba acorde con el aspecto ordinario de la mujer. Procedí a entregarle el recibo y aproveché para elogiarle su escritura. La señora me contestó, con un poco de vergüenza, que la letra no era suya; me señaló a la cajera. Miré hacía el mostrador. «La de los lentes redondos negros», dijo. Me comentó que, como no sabía leer ni escribir, la oficial le había llenado el volante. Era una joven de estatura mediana, contextura delgada y pelo marrón recogido. Mostraba mejillas que sobresalían y sonreía con timidez. Tuve la impresión de que era latina. Las pulsaciones de mi corazón se aceleraron cuando pasó por mi mente una idea fugaz. Decidí abandonar la institución y regresar en otro momento. Aunque estaba de vacaciones, fui a la empresa donde trabajaba de contable a buscar el cheque que iba a cambiar. No quería presentarme ante la oficial bancaria con una camisa multicolor y un bluyín que entre la tela y la piel no cabía ni un chavo prieto. Para llegar a ella tenía que cambiar de imagen. Me fui a la peluquería a darme un corte *psychobilly wedge,* al estilo de Elvis Presley, porque para aquel entonces llevaba el pelo largo igual a los jipis. Quise ponerme la ropa de la oficina y los lentes que utilizaba para leer; buscaba tener alguna afinidad con ella para causarle una buena impresión y de ese modo hacerle creer que éramos tal para cual.

En la tarde, el banco estaba repleto. Sin embargo, la fila avanzaba rápido porque la institución tenía una promoción muy particular: «Si tardas más de diez minutos en la fila, depositamos cinco dólares a tu cuenta». Siempre que lo frecuentaba verificaba el reloj para medir la espera desde que hacia el turno hasta que me atendían, pero por desdicha nunca tuve que esperar más de lo justo. Esa empresa se caracterizaba por el buen servicio y el excelente trato al cliente. Era la primera institución bancaria para aquellos tiempos. Un cajero era quien se suponía que me atendiera. Me di cuenta de que era un hombre corpulento; parecía dedicarle muchas horas al gimnasio. Le cedí el espacio a una anciana que estaba detrás de mí, con el pretexto de que la oficial de gafas grandes gestionaría un asunto de mi cuenta. Dejé pasar a dos personas más hasta que la cajera por fin me llamó. Recuerdo cuando dijo, con una voz aniñada, «Próximo en la fila», mientras con la mano pedía que me acercara. Prosiguió con el protocolo de saludo: «Buenas tardes, señor. ¿En qué puedo ayudarle?». Le contesté que quería cambiar un cheque y se lo mostré. Muchas veces ese tipo de transacción se vuelve un fastidio, pues me preguntó si era cliente para iniciar los trámites burocráticos. Sí, lo era, pero de la sucursal del *downtown* de Miami. Enseguida me pidió endosar el cheque y escribir el número de la cuenta. Se me ocurrió decirle que lo había olvidado y con mucha cortesía le propuse que lo buscara. Claro que me lo sabía de memoria, pero provoqué dilatar mi primera visita para causarle una impresión favorable. Trataba de que mi cara se quedara grabada en su mente. Yo actuaba con la misma parsimonia con la que ella me atendía. Se llamaba Mayté. El nombre lo leí en una pequeña chapa distintiva que usaban todos los oficiales bancarios sobre el bléiser. Iba a depositar una parte del cheque, pero no se lo notifiqué hasta que comenzó a contar los dólares. Me pasó la hoja de depósito y se la devolví con la información solicitada. El dinero que me entregaría se lo prestaría a un amigo.

La funcionaria se dirigió nuevamente a mí: «Señor Salas, olvidó escribir la fecha». Medio en broma le expresé que muchas veces no me daba cuenta ni del día en que vivía; y más si estaba de vacaciones. Y, sin ningún reparo, aproveché para pedirle que me dijera Gerardo. Era tan tímida que se sonrojó con mi petición. A mí me hubiera ocurrido lo mismo de estar en su lugar. Me preguntó si la autorizaba a completar el formulario y accedí. Entonces escribió con sus diminutas letras: «5 de enero del 1968». Al otro día se celebraba en Puerto Rico el Día de Reyes, por eso introduje la mano en el bolsillo derecho del pantalón que me quedaba holgado, saqué una paleta de caramelo Sugar Daddy y se la di: «Esto es para ti, de parte de Melchor».

Luego de conocerla, ya no visitaba otro banco del centro de Miami. Prefería depositar o retirar dinero de la sucursal donde Mayté trabajaba. Además, quedaba cerca de mi oficina. No siempre podía realizar las transacciones con ella, pero nunca volví a utilizar el truco de dejar pasar a las personas en la fila; no podía levantar sospechas, pues la empleada me conocía como un cliente habitual. Que mi cajera preferida me atendiera era cuestión de suerte. Nuestra relación jamás pasó de tener un carácter comercial, aunque cada vez encontraba un recurso para conocerla un poco mejor. Entre una visita y otra, ya sabía que era puertorriqueña, soltera y sin hijos. Aproveché la víspera de San Valentín para descubrir que no tenía compromiso. El 14 de febrero me presenté en la sucursal con una caja de chocolates y una tarjeta que estaba caligrafiada con mis mejores letras. Desde esa fecha nuestras miradas se hicieron cómplices. Si llegaba al banco la localizaba enseguida y, mientras estaba en la fila, ella aprovechaba el intervalo entre un cliente y otro para mirarme o lanzarme una sonrisa pícara. En el momento en que me tocaba otro cajero, me encogía de hombros, ladeaba la cabeza y fruncía la boca en señal de frustración. Mayté sonreía y se acomodaba los cabellos detrás de la oreja derecha si los llevaba sueltos.

El día que fui a depositar el cheque correspondiente a la semana del 1ro de marzo tuve la suerte de que ella me atendiera. Aproveché la oportunidad para invitarla a salir el sábado. Aceptó sin ningún miramiento.

Me desconcertó que luego de cenar me propusiera que fuéramos a un bar que estaba muy de moda en la avenida Collins. Mi sorpresa fue doble cuando pidió un martini Smirnoff, al estilo del vodka que bebió James Bond en la película *Dr. No*. En la cena, como es natural, tomamos vino tinto porque el plato principal fue filete de ternera a la *cordon bleu*. Sin embargo, pensé que en el bar se limitaría a consumir alguna cola, pero no fue así. Incluso, cambió del Smirnoff a Finlandia y no solo bebió uno, dos o tres vasos cortos, sino que hasta me ayudó con los míos. Cada trago estaba mezclado con pulpa de melón verde y soda y, para rematarlo, adornaba el vaso una hoja de menta, quizás para suavizarle el sabor. Quedé patidifuso cuando la mujer borracha no se acordaba ni donde vivía. Busqué en su cartera para ver si encontraba su dirección, pero no la hallé; las tarjetas e identificaciones no mostraban ningún otro indicio específico, solo informaban: «Mayté Betancourt». Muchos nombres aparecían en la libreta de teléfonos sin apellidos, así que no sabía qué relación tenían estas personas con ella. No podía comenzar a llamar a la una de la madrugada a toda esa gente para que alguna me revelara el domicilio. Decidí pedirle prestado al barman el teléfono del negocio para avisarle a mi compañero de apartamento que llevaría a una mujer a dormir allá.

Mayté despertó aturdida cerca de las once de la mañana. Preguntó desconcertada: «¿Qué pasó? ¿Qué hora es?». Tampoco entendía por qué estaba desnuda en la cama. Me sorprendí cuando descubrí que la cajera no se acordaba de nada de lo que sucedió la noche anterior. Ella estaba en negación. Rehusó escucharme cuando traté de explicarle que se encontraba en mi apartamento porque no pude dejarla en su casa esa bendita noche. Le aclaré que en el taxi se puso a cantar y a reír como una loca. Hasta el chofer le hizo el coro. Le mencioné que al entrar al dormitorio enseguida comenzó a desnudarse. Según decía, muerta de risa, siempre dormía sin ropa. Desquiciada, vociferó que me amaba. Nos besamos y yo no tuve más remedio que responder a su calentura. Exclamaba una y otra vez: *«Oh, my God!, oh, my God!»*, cuando estaba en mis brazos. Asimismo, gritó alterada al momento de contarle lo sucedido.

Sintió vergüenza por su comportamiento. Me suplicó que saliera de la habitación porque necesitaba vestirse.

No quería abandonar el cuarto sin antes saber qué pasaría con nuestra relación, porque entre besos y caricias pasó de todo. Lo único que conseguí fue escucharla decir: «Por lo que más quieras, ¡vete ya!».

Respeté su orden y la esperé en la sala. En menos de cinco minutos salió tirando la puerta del dormitorio y también la de la entrada principal del apartamento. Durante la semana siguiente resolví no ir al banco. Era mejor esperar hasta el viernes para cambiar el cheque. Al entrar ese día a la institución financiera nuestras miradas no se encontraron. Tampoco me tocó el turno con ella. Regresé a mi trabajo y me dispuse volver a la hora de salida. Tenía que conversar con Mayté en busca de una reconciliación para convencerla de que no existía ninguna razón para sentirse avergonzada por haber estado en mi cama. Quería decirle que entre copa y copa puede suceder cualquier cosa cuando dos personas se atraen, pero que probablemente si están sobrias no suceda igual. Por fin, aceptó la invitación de tomarse un café conmigo. Le recalqué que su situación no era nada del otro mundo; había escuchado de amistades que no recordaban nada y se quedaban en blanco si se excedían en el alcohol. En ese instante le dije: «Permíteme ser tu memoria en momentos de olvido». No sé cómo se me ocurrió esa frase. Lo cierto es que sonrió, levantó las mejillas sonrojadas y asintió con la cabeza. Entonces, comenzó un cortejo amoroso que parecía un juego de adolescentes deshojando margaritas; diciéndonos sí, y en otras, contestándonos no. En medio de ese ir y venir disfrutábamos del cine, del teatro y de los paseos por los parques para contemplar la luna. A fuerza de mi perseverancia en conquistarla, nos contentamos definitivamente y nos comprometimos con el acuerdo de casarnos el 4 de julio. Fue una boda civil íntima a la que asistieron algunos compañeros del trabajo y amigos. Mi familia consistía de un abuelo que vivía en Puerto Rico, quien carecía de las fuerzas suficientes para viajar. A la novia la acompañó un tío materno, el cual costeó la recepción de bodas en el restaurante. Su mejor amiga fue la madrina y nos obsequió el bizcocho y yo le regalé a la desposada unos aretes diseñados específicamente para ella. ¡Qué más se podía pedir! Mi compañero de apartamento, furioso porque le usurpé su hogar, prefirió mudarse a un estudio y dejarnos el que teníamos alquilado con el compromiso de que lo siguiera pagando. Acepté.

Tuve que trabajar tiempo extra para asumir esa carga económica que me impuso el matrimonio. Además, Mayté solo ganaba una peseta extra por hora, por encima del salario mínimo federal. Era su primer trabajo como cajera y no tenía experiencia. La situación económica me exasperaba, por eso me irritaba con frecuencia. No me alcanzaba el dinero y necesitaba mucho para lograr mis objetivos y cumplir mi sueño. Hay gente que vive con tan poco y otros, sin embargo, tienen millones para hacer lo que les venga en gana. No me conformaba con las migajas de mi salario ni con las que aportaba Mayté. Me urgía tener más capital para poder realizarme como persona. Trabajar cincuenta horas a la semana no bastaba para ahorrar lo suficiente. Tenía que darme prisa en activar cuanto antes el plan que tracé con la idea que se me ocurrió el día en que conocí a mi esposa. ¡Ya no podía esperar más!

***

—Gloria, tienes que conseguir unas cuantas cositas para amarrar al Desarrollador.

—¡Glori!, recuérdelo. Cuántas veces tendré que decirle que no me diga Gloria. Todos me conocen por mi apodo. Me siento envejecer cuando me llama Gloria.

—¡Qué va, m'ija, tú luces exacta! Mira, lo que vamos a hacer es muy efectivo. No entiendo cómo no se me ocurrió antes. Ve a su casa, busca en el *hamper* un calzoncillo y tráemelo.

—¡Uy, fo!

—Tú verás cómo se va a portar ese hombre contigo cuando le atraviese por el frente del pantaloncillo una cruz de astilla de canela encendida. ¡Mansito vendrá a ti! ¡Ya lo verás!

***

Una tarde de febrero del próximo año, Mayté llegó del banco y yo ya tenía la cena preparada. Muchas veces regresaba agotada y si yo no me quedaba a trabajar horas extras la ayudaba con los quehaceres de la casa. A mí los menesteres domésticos siempre me gustaron. Su agotamiento provenía de la inseguridad y nerviosismo que le daba al contar el dinero cuando las cantidades eran muy grandes. Verificaba dos y tres veces los billetes por temor a entregar dólares de más y descuadrar la caja. Con la promoción de «diez minutos, cinco dólares», la sucursal se llenaba demasiado. A pesar de todos los temores, nunca le había sucedido nada que pusiera en riesgo su trabajo. La presión laboral que sufría afectaba la convivencia en nuestra casa y comenzó a cambiar. Veía cómo la báscula aumentaba día tras día porque la ansiedad le provocaba comer. El pelo se le caía por mechones y las uñas se les quebraban con facilidad. Siempre estaba agriada y hasta le molestaba que yo perdiera tanto tiempo acicalándome frente al espejo. Le urgía hablar con su jefe para decirle que pensaba buscarse otro empleo, situación que no me agradaba. El gerente reconoció que era una empleada eficiente y responsable. Aunque más lenta que otros funcionarios, ejecutaba las labores con esmero y exactitud, por lo que decidió cambiarla de puesto.

Así fue como Mayté se convirtió en oficial de la plataforma de servicio al cliente. Podía verificar balances en las cuentas, abrir o cancelar certificados de depósitos y otras gestiones financieras. En fin, tenía un control absoluto de la información privilegiada de los dólares que poseían las personas que hacían negocios en el banco. Lo único que no le agradó de su cambio de puesto fue que tenía que sustituir a cualquier cajero cuando se fuera de hora de almuerzo, pero no tuvo más remedio que aceptar las condiciones impuestas. Preparé un delicioso manjar que incluía su bebida favorita, vodka Finlandia, para celebrar el ascenso en grande. Cada vez que quería proponer algo, le sazonaba la mente con su licor, como a ella le gustaba; al otro día no había santo que le hiciera recordar lo sucedido. Mayté era muy estricta en sus cosas, no daba el brazo a torcer así porque sí; por esta razón, accedía a cualquier solicitud aprobada bajo los efectos del alcohol. De esta forma fue como logré el compromiso de bodas, casarnos y, por supuesto, involucrarla en mi plan.

***

—Gloria, ¿y tú no has probado suerte jugando en el casino?

—Misiselin, ¿cuántas veces tendré que recordarle que me diga Glori?

—¡Ay, m'ija!, el palo torcido no se endereza. Tendrás que perdonarme esa y muchas más. ¿Tampoco juegas a la lotería?

—Para nada.

—Es que, por lo que me has dicho, ya veo que con los hombres no has tenido ninguna suerte. Yo que tú me juego un billetito. Además, el sueño que me contaste tiene unos números claritos. Voy a escribirlos completitos y corroborarlos en esta hoja titulada «Los números y las quimeras». Cuando se sueña con gato es cinco; sangre, dieciocho; mujer, veintiuno; muerto, cuarenta y siete; y si a todo esto le sumamos el crimen, representa el diecisiete. Déjame ver cuánto da esto. No te imaginas lo que amo esta libreta vieja; por cierto, siempre está en el altar para que recoja las buenas vibras de los espíritus blancos. En ella anoto algunos brebajes, claves, pócimas y calculo los números afortunados. Tengo que colocarlos uno debajo del otro para poder sumarlos. ¡Ya tengo el resultado! Es ciento ocho, pero al sacarle el promedio da veintiuno punto seis. Mejor lo redondeo a veintidós.

—¡Usted se cree contable!

—Mi'jita, no te burles que esto es serio. La gente no se pega en la lotería porque no es solo interpretar los sueños, también hay que saber calcularlos y tener fe. Búscate un billetito que termine en veintidós ¡Tú verás cómo te pegas!

***

La tramoya consistía en buscar todos los días en el periódico la sección de las esquelas y localizar los decesos. Consideraba que mientras más grande era el anuncio, más dinero poseería la persona. Antes de Mayté irse para el trabajo, ya le tenía preparada la lista numerada con los nombres de los difuntos. Ella verificaba en los archivos si el occiso era cliente del banco. En el caso de que hubiera algún candidato, nos reuníamos al mediodía para que me mostrara la ficha en la que estaba registrada la firma del cliente, y me dijera el balance y la sucursal a la que pertenecía la cuenta. Entonces preparaba la hoja de retiro con la rúbrica. En aquellos tiempos tenía mucha habilidad para la falsificación, destreza que he perdido. También, hacía la hoja de depósito de una cuenta fantasma que Mayté se encargó de abrir a nombre de un anciano. No fue fácil acertar que el muerto adinerado tuviera su cuenta con la institución bancaria. Era importante no levantar sospechas; los familiares del occiso no podían descubrir el cuantioso desfalco. Rogábamos que pensaran que el dinero sustraído estaba destinado a alguna obra de beneficencia, según la última voluntad del difunto. Lo fundamental consistía en que la cuenta fuera robusta para que nadie reclamara lo que hurtábamos. Ese fue mi plan desde siempre y deseaba con fuerza que todo se diera sin ningún percance porque, de lo contrario, en tremendo embrollo nos meteríamos. Duré dos meses esperando con paciencia para que cayera la primera víctima, pero a pesar de que su esquela era bastante llamativa, solo tenía en la cuenta catorce dólares con noventa y tres centavos. ¡Miserable! El fracaso, en esa ocasión, no me hizo desistir. Tenía que seguir luchando hasta lograr mi meta, así que cambié de técnica: todo el que moría, siempre y cuando no fuera un muerto que se presentara en los medios, o un famoso, se incluía en la lista. De la esquela más insignificante, apenas un recuadro de dos por uno y con muy pocos datos, obtuve una buena ganancia gracias al gesto compasivo de alguien que anunció el fallecimiento de un anciano, que aparentaba no tener parientes ni dolientes. Quizás el propósito fue que sus allegados y amigos se enteraran del deceso. No cabe duda de lo que dice el refrán: «De cualquier malla sale un ratón». Tanto de este como de aquel otro anuncio luctuoso que apareció una semana antes de retirar todo lo depositado, conseguí una buena suma de dinero. Con solo cuatro transacciones pude alcanzar la meta. Y como el dinero estaba destinado para una causa, no me cegó la pasión de seguir en busca de más fortuna.

***

—M'ija, tú hablas hasta por los codos. Perdóname que te interrumpa. ¿Trajiste el pantaloncillo? Se me olvidó decirte que necesito también un panti tuyo. Mucho mejor si está manchado con sangre del periodo.

—Ay, Misiselin, eso no puede ser posible, porque no tengo matriz ni ovarios.

—Qué pena, Gloria, que no puedas tener niños. Ellos son la alegría de un hogar, según decía mi madre. En casa éramos doce hermanos. El amargado de Ventura quería tener muchachos, pero a mí sí que no me hicieron falta para nada. A mí con el santo Niño de Atocha y con Sandro me basta y me sobra.

—¿Entonces no se podrá hacer el trabajo?

—Claro que sí, muchacha, para todo hay una solución. Tráeme un panti que te hayas puesto para dormir. Ya tú verás lo que va a pasar cuando le penetre la astilla de la cruz de canela encendida a las dos piezas: quedarán amarrados para siempre.

—¡Ay, mi madre! Eso es muy serio. ¿Y si durante la convivencia resulta un hombre maltratante?

—Lamentablemente, después que se hace el conjuro, no hay vuelta atrás. Tú decides ahora.

***

La decisión estaba tomada: Mayté sabía que con el dinero recaudado nos vendríamos a vivir a Puerto Rico. Compraríamos una casa en Rincón y con el resto pondríamos nuestra propia empresa. «¡Un negocio de lámparas y abanicos!», me dijo en una ocasión bajo los efectos del licor y tarareando una canción de los Beatles que ahora no recuerdo. Quise fantasear con el asunto y la imaginé idéntica a una vendedora ambulante tocando de puerta en puerta con el catálogo en mano ofreciendo los enseres. Estaría sudorosa, sacando de un cartapacio una solicitud de compra a módicos plazos semanales, quincenales o mensuales, conforme le acomodara al cliente, llenando el formulario con sus letras diminutas. La vería entrar al establecimiento que tendríamos en una esquina del pueblo, alrededor de las cinco de la tarde, y con aquella sonrisa, que le obligaba levantar los pómulos, me diría: «*Honey,* ya llegué». Me daría lástima al verla demacrada; para reanimarla y saciar su sed le tendría preparada su vitamina: vodka Finlandia o martini Smirnoff. Cada vez que le narraba un tragiepisodio de nuestro supuesto establecimiento comercial, nos reíamos como dementes. Confieso que me daba pena y no quería que se ilusionara con el negocio, porque yo tenía otros planes. Mayté siempre me ofrecía una versión opuesta a la que yo narraba: «Seré quien me quede en el local, y tú, con gafas y una pava, saldrás a buscar los clientes». «¿No sería mejor con una pamela?», le refutaba en broma, mientras ella empinaba el codo. Pero todos sus sueños no alcanzaron a tomar el avión porque el día 2 de mayo de 1969, sin olvidarme de poner la fecha en la hoja de retiro, me presenté en el banco disfrazado de anciano. Era la una de la tarde, hora en la que mi oficial bancaria cubría el turno de algún cajero que estaba de almuerzo. Ni siquiera ella, al principio, me reconoció en la fila con una boina, la bufanda, el bastón y un maletín deteriorado en el que echaría todo el dinero. La joroba que usé debajo del saco me quedó fabulosa. Esperé al llamado de mi cajera particular, según acordamos la noche antes. Tenía que usar un atuendo acorde con la información que le suministré cuando se creó la cuenta. A pesar de que era la única que podía atenderme, pensé que nadie sabe nunca los desatinos de la vida. ¿Y si en el preciso momento que hacíamos la transacción se acercaba la supervisora?

Ese día mi esposa no regresó al apartamento. Antes de salir del banco comenzaron a llegar patrullas de la policía tocando las sirenas. En un avance de noticias vi más de diez oficiales del FBI armados entrar a la institución bancaria. Los transeúntes se pegaban a los cristales para mirar lo que sucedía adentro. Se rumoró que era un asalto y que los ladrones buscaban el dinero en la caja fuerte. Todas las incertidumbres se despejaron cuando salió del edificio una mujer que trataba de taparse la cara con las manos esposadas y que usaba unas gafas grandes que le cubrían parte del rostro. Los agentes federales detuvieron a Mayté Betancourt por malversación de fondos en el Miami Bank & Trust. Me asaltó el deseo de tomar un vuelo sin destino planificado y desaparecer. Sin embargo, recapacité, decidí quedarme allí y asumir las consecuencias de lo que pudiera pasar. El dinero estaba seguro y el proyecto que tenía en mente se pospondría hasta que todo volviera a la normalidad. En ese momento mi única preocupación era saber si ella me delataría. Me senté a esperar la llamada de la comisaría con mucha ansiedad, pero en ese momento me tocaron muy duro a la puerta.

- 6 -

El tercer anónimo lo hallé el 29 de diciembre, en un sobre blanco. Adentro había un papel que desprendieron de una libreta. Al desdoblarlo, leí un mensaje más largo, escrito con la misma letra, pero en tinta azul:

Mayté, no puedo confesarle quién mató a su amiga. Lo siento, pero no me conviene. Aunque le aclaro que no soy el asesino.

Encontrar el sobre debajo de la puerta de mi apartamento me causó preocupación. Se me pusieron los pelos de punta. ¿Es que nunca podré ser feliz? ¿Quién demonios se había propuesto destruir mi paz, si acaso se puede tener alguna después de vivir tantas desgracias? Que asesinen a la vecina la primera noche que sale conmigo, no es lo más terrible que me ha pasado en la vida. Nada peor que estar encerrada en un lugar donde la gente te mira como si fueras basura. Peor aún es tener la vida destruida por amar a un hombre que solo me utilizó. Peor incluso es sentir, por momentos, ese amor destruyéndome el corazón, mezclándose con la rabia y las ganas de venganza. Pero así ha sido siempre: mis relaciones fluctúan entre el amor y el odio.

Nunca me relacioné seriamente con hombres. Solo tuve un novio a escondidas en la escuela superior. Mi madre me hubiera cortado la cabeza si se enteraba. Ella había desarrollado una personalidad violenta por culpa de su adicción a las drogas y al vodka. De ahí mi predilección por ese licor. Desde muy niña me lo mezclaba, incluso, con leche en el bibí para tranquilizarme. Debería aborrecerla, pero siempre hay algo que me ata a quienes me hacen daño. Jamás he podido descifrar qué es. Todavía me culpo de todo lo malo que pasó en mi matrimonio. Tal vez, mis escasos veintidós años facilitaron que me engañara. Fui demasiado ingenua, aunque «estúpida» sería la mejor palabra. Usted probablemente no entendería esto, pues si algo tiene es astucia para bregar con la vida.

***

Cuando cumplí los dieciocho me fui de la casa. Estuve dos años estudiando un curso de Integral Bancario para trabajar como cajera. Luego de varios intentos, conseguí empleo en el Miami Bank & Trust. Allí fue donde conocí a mi exmarido, un hombre guapísimo, pero extremadamente manipulador. Me atrajo desde la primera vez que nos vimos. Jamás pensé que terminaría casada con él, y menos aún, que seríamos cómplices del enredo que me costó la libertad. Si pudiera volver atrás, nunca hubiera aceptado aquella caja de chocolates. A pesar de que mi madre decía que yo no tenía nada bonito, que era fea y bruta, él me convenció de lo contrario. Me hizo sentir hermosa, inteligente, importante. ¡Maldita la hora en que creí en sus palabras y olvidé las de ella!

Aquel hombre me enamoró y, cuando acepté creer en el cuento de hadas, empecé a soñar con un final feliz. Nos casamos en una ceremonia ante un juez. La recepción fue en el salón de banquetes de un restaurante cubano. Gerardo se encargó de la decoración; quería sorprenderme, según me dijo cuando le cuestioné por qué no me delegaba esos asuntos. Y de verás que lo logró. Hizo magia con el poco dinero que teníamos. Del techo colgaban pedazos de tela transparente en amarillo y azul marino; en el fondo colocó varias palmas alrededor de una fuente que simulaba un pozo en ladrillos. Pequeños arreglos de geranios adornaban las tres mesas en las que sentamos a veinte invitados. El bizcocho era blanco, adornado con pétalos azucarados de rosas amarillas. En el tope unos novios, vestidos como nosotros, se besaban.

Ni me molesté en invitar a mi madre. Tenía miedo de que se drogara o se bebiera el vodka que habíamos reservado y terminara arruinando la celebración. Sin embargo, la que se emborrachó fui yo. Al final de la recepción, mi marido me llevó en brazos al apartamento. Según Gerardo, vomité hasta las entrañas en las escaleras. Él dice que lavó todos los escalones y así empezó nuestra luna de miel, pero le juro que no recuerdo nada. Amanecí al otro día metida en la cama y sin el traje de novia, porque el muy idiota lo echó a la basura. Ojalá lo hubiera tirado al contenedor conmigo adentro.

Gerardo me involucró en su esquema de fraude para que engañara al patrono que me dio mi primer trabajo decente, con beneficios y plan de retiro. Decidí complacerlo porque creí todos los embustes que dijo acerca de venirnos a vivir a Puerto Rico, de tener un negocio propio en el que trabajaríamos para construir un hogar maravilloso entre los dos. Estaba hastiada del banco, de los clientes, de contar billetes de otros. Aprendí de la peor manera que nada en la vida es tan fácil. El plan me reventó en la cara.

La tarde en que mi marido retiró el dinero que habíamos depositado en nuestra cuenta fantasma, llegó la policía a arrestarme delante de mis compañeros. Ellos no dejaban de mirarme sorprendidos. Empecé a trabajar allí como la inofensiva Mayté, y terminé como una delincuente realizando un desfalco de miles de dólares. Lo más absurdo del caso fue que no disfruté de un solo centavo.

Mi querido esposo fue a visitarme al cuartel, luego de un registro de allanamiento en el apartamento donde vivíamos y un interrogatorio de más de dos horas, según me expresó. Al verlo, me abracé muy fuerte a él, como si hubiera llegado mi salvador. Estaba desesperada, llorosa, demasiado nerviosa para pensar con claridad. Gerardo me dijo que lo iba a contar todo; no era justo que yo estuviera adentro y él afuera. Nunca lo había visto tan preocupado. Me miraba, luego a la puerta, retornaba y enseguida volvía sus ojos a la entrada. Hablaba en voz baja. Tenía las manos sudorosas y el cuerpo, al cual me aferraba, estaba más frío que el pequeño salón a donde nos llevaron. Los papeles se invirtieron porque tuve que darle consuelo. No era el momento de echarnos la culpa el uno al otro, simplemente el plan falló. Jamás imaginamos que al banco lo auditarían en esos días y que tenían algunas cuentas en observación, incluyendo la nuestra. Parecía el robo perfecto, sin embargo, se desmoronó en un instante. No fue fácil convencerlo para que guardara silencio.

—*Honey,* si estamos los dos en la cárcel, ¿quién va a realizar las gestiones para sacarnos de aquí? ¿Quién va a conseguir el mejor abogado? Tenemos que ser prudentes.

—Bueno, amor, estoy dispuesto a confesarlo todo. Pero si piensas que es mejor guardar silencio, entonces te complaceré. Confía en mí, voy a lograr que te liberen lo antes posible.

—Cuando declare, diré que fui la culpable y que tú no tenías conocimiento de nada.

—Te preguntarán por el dinero y por tu cómplice el anciano.

—Pues les diré que al hombre lo encontré por una calle deambulando cerca del banco. Le ofrecí un trabajo muy bien remunerado y aceptó.

—¿Y si no te creen?

—¡Ay, *honey*, ojalá que sea así! Voy a contarles que el viejo me esperaba en una mesa del bulevar de la cafetería del frente hasta que saliera, me entregaría el maletín y yo le daría lo prometido. Lo último que comentaré es que cuando el vagabundo me vio esposada, abrazó el botín, se paró rápidamente y se perdió al doblar la esquina.

—Amor, ¡cómo has aprendido a hacer cuentos!

—Gracias a ti, porque siempre tenía que cambiar las historietas que me contabas de nuestra vida en Rincón.

—Tu idea es genial, pero debes confesarlo todo delante del abogado que te mandaré. No sueltes ni una palabra si él no está contigo.

Y yo volví a creerle, pues todavía estaba ciega. En mi alocada cabeza se mezclaron el amor y la imbecilidad. Dormí esa noche en la cárcel del cuartel y, al otro día, antes de presentarme ante el juez, llegó un abogado de oficio a anunciar que estaba allí para representarme. Le cuestioné su presencia y le dije que era un error porque se suponía que llegara otro a defenderme. El licenciado Batiz me dijo: «Su marido informó a las autoridades que ustedes no tienen dinero». Empezó a preguntarme del fraude al banco y por qué lo había hecho. Aún en medio de la confusión, seguí las instrucciones acordadas: me eché la culpa. Casi me muero cuando escuché al juez dictaminar una fianza de cien mil dólares. Según Batiz, solo debíamos prestar un diez por ciento. Me calmé porque teníamos esa cantidad y mucho más en el apartamento del amigo de Gerardo. No lo podíamos ocultar en el nuestro porque sabíamos que lo registrarían. Sin embargo, el abogado argumentó que mi esposo solo contaba con mil. Pensé en la astucia de mi cómplice: si se presentaba con el dinero de la garantía lo iban a incriminar porque eran billetes nuevos y las series estaban reportadas por el banco.

Me encerraron en el PT Correctional Center. Mi esposo regresó dos días después. Lo vi sentado en el área de visitas, demacrado y sin afeitar. Supe que algo malo había pasado cuando noté la tristeza reflejada en su rostro y cómo secó las palmas de sus manos con el pantalón al levantarse de la silla.

—¿Cómo estás?

—¿Cómo crees que estoy? Dos días sin verte, sin un buen abogado y sin pago de fianza.

—No te imaginas lo que ocurrió, cariño. El día que salí de aquí, fui al apartamento de Jonathan a buscar algún dinero para contratar al abogado y encontré rota la cerradura. Cuando empujé la puerta vi la sala desorganizada, objetos y libros tirados por el piso, las gavetas abiertas… ¡Un desastre! Busqué el maletín dentro del cajón del *ottoman*, y no estaba. Solo quedaban las revistas que le había colocado encima para cubrirlo. ¡Nos robaron todo, mi amor!

Sentí que me arrancaban el alma.

—¡No puede ser! —grité antes de desmayarme.

Sé que tuve un sueño durante mi inconciencia, pero no lo recuerdo bien. Desperté cuando inhalé el olor a alcohol de un algodón que colocaron en mi nariz. Deseé con desesperación una botella de vodka que me hiciera olvidar quién era y dónde estaba. Esa noche tuve un ataque de nervios tan fuerte que me llevaron a enfermería. Estuve allí hasta el otro día, sin fuerzas para levantarme de la cama, pero en la cárcel poco importa cómo una se sienta. Tenemos que hacer nuestras tareas, mientras recibimos insultos de las compañeras a las que les caemos mal.

Logré un acuerdo con la fiscalía para cumplir quince años si me declaraba culpable por apropiación de fondos y de identidad, falsificación de documentos, fraude bancario y otras cosas más que ya olvidé.

En Miami solo tenía a mi madre, aunque una vez la llamé y colgó el teléfono. Supe en ese momento que nunca más volvería a comunicarme con ella, que debía superar, entre otras cosas, ese anhelo de quererla a pesar de todo. Gerardo me visitó semanalmente durante los primeros tres meses. Luego, empezaron las excusas: que si le daba mucha pena, que le rompía el corazón verme allí encerrada, que tenía los nervios desechos al no soportar que estuviéramos separados. Así, poco a poco, se fue escabullendo de mi vida. Antes de cumplir mi primer año de reclusión, no regresó más.

La rutina en la cárcel era agobiante. Los días transcurrían aburridos, la comida se veía asquerosa, y su sabor era peor aún. Resentía cómo se desperdiciaba mi juventud. En raras ocasiones disfrutábamos de entretenimiento, pero cuando nos mudaron al nuevo Anexo de Mujeres de la calle 11, la cosa mejoró bastante. Me matriculé en un curso de repostería con el fin de salir de la celda. Nunca pensé que tendría la capacidad de hacer un bizcocho o una libra de pan, pues hornear era una habilidad imposible dentro de mis pocos talentos. Vivía con las palabras de mi madre incrustadas en el cerebro: «Eres bruta y fea». La clase resultó ser una terapia. Aprendí todo lo relacionado con las harinas y levaduras; lo mejor era que después nos permitían comernos los postres. Una dona se convirtió en el paraíso y un flan en la vida eterna. Después de esa experiencia me apunté en todo lo que ofrecían para distraerme. Así fue como me adiestré en la confección de trajes de muñecas victorianas. También me enseñaron a escribir poesía y a bailar salsa. A pesar de esos pequeños momentos de alegría, me deprimí muchas veces. Como allí es difícil que te manden a enfermería, pues todas las presas quieren estar en una camilla tranquilas y se inventan cualquier dolor para que las lleven, empecé a lacerarme la piel con el filo del papel de maquinilla que encontré en la biblioteca. Cuando veían sangre, pensaban que era una emergencia verdadera. Mi vida consistía en sobrevivir, no en vivir. Nadie me visitaba, solo tenía una relación de amistad con dos compañeras, a las demás las evadía atemorizada por sus aspectos. Una que otra intentó besarme. Aprendí a defenderme y, para eso, me hice parte de una ganga de Miami Beach a la que la mayoría le tenía miedo. Me contaron que una de ellas había matado a otra confinada en el baño por el simple hecho de no regalarle su champú.

Después de terminar el curso de baile, me animé a matricularme en uno de enfermería que ofrecía la Universidad del Sur de Florida. Fue lo único bueno de la cárcel. Dos veces en semana, durante veinticuatro meses, tuve una razón para levantarme de la cama. El día de la graduación leyeron mensajes de felicitación que enviaron los familiares o amigos de las reclusas. Fui la única a la que no le mandaron nada. La profesora se paró frente al podio al final de la lectura y se disculpó porque no habían podido conseguir a las personas que aparecían como contactos de emergencia en mi expediente. La sorpresa del día era que ella tenía unas palabras para mí. Me felicitó por mi buen desempeño. Habló de lo orgullosa que estaría mi familia. Los presentes aplaudieron con esa mirada de pena que se le da a un perrito de tres patas. Yo, en vez de alegrarme, deseé subir a la tarima, agarrar a la profesora por el cuello y apretarla hasta que no pudiera respirar. Si ella no hubiera hecho ese espectáculo, nadie se habría dado cuenta de mi soledad. Entre tanta gritería y aplausos no se llevaba el conteo de a quién felicitaban y a quién no, pero la muy bruta se encargó de ponerme en evidencia.

Transcurrieron ocho años desde el fin del curso de enfermería cuando me informaron la reducción de los últimos doce meses de reclusión por mi buena conducta y la participación en programas de estudios. No pude dormir de la emoción al saber que pronto estaría libre. Desde ese momento comencé a elaborar mi venganza, ya no me importaba regresar de nuevo a la cárcel. El primer paso sería cómo arreglármelas en la libre comunidad. Tenía que buscar un trabajo y alojamiento. Era imposible regresar a convivir con el hombre que me abandonó a mi suerte detrás de los barrotes porque ya no éramos esposos. Mientras estuve en la cárcel me envió los papeles del divorcio y los firmé. Además, él ya no residía en el apartamento que compartimos por diez meses; el correo me devolvió las cartas que le envié a esa dirección, excepto la primera. El recuerdo de no tener el apoyo de mi marido me retorcía las entrañas. En el Departamento de Corrección contaban con un albergue donde podían hospedarme por un periodo máximo de año y medio. También me ayudarían a conseguir un trabajo. Acepté mudarme de inmediato. Una vez que lograra establecerme, empezaría a buscar a Gerardo.

Estuve un año hospedada en el albergue y trabajaba en un hospital. Durante ese tiempo contraté a un detective para que buscara al maldito embaucador por todos los rincones de Florida. No encontró rastros ni señas de él ni de su nombre. En diciembre del 1984, decidí mudarme a Puerto Rico porque estaba convencida de que, si había algún lugar en el mundo en el cual ese miserable y malnacido podía esconderse, era con su familia en Rincón. En el avión escribí una lista de razones por las cuales quería verlo. En el curso de Manejo de Emociones que tomé en la cárcel aprendí un ejercicio: anotar en un papel lo que me enojaba y, en la parte de atrás, los motivos para olvidar. Al final incluí doce razones por las que pensar en él me ahogaba de rabia: traición, manipulación, mentiras, soledad, desamor… Cuando volteé el papel para hacer la segunda parte, no encontré ninguna razón para olvidar. ¿Cómo se borra de la mente tanto dolor y catorce años de encierro?

A la semana de llegar a la isla, alquilé un auto y fui a Rincón. La gestión no fue tan fácil como pensé. El pueblo era muy grande; los barrios tenían carreteras largas llenas de casuchas sin número. Encontrar a una persona por nombre y apellido era casi imposible. Conseguí a una señora, vendedora de frituras, que recordaba a un maestro de la escuela superior cuya familia era Salas, pero ya no quedaba ninguno vivo. «Había un nieto que se fue a vivir a Estados Unidos y nunca regresó, ni siquiera cuando murió su abuelo», eso me lo contó luego de servirme una alcapurria de jueyes. Me explicó cómo llegar a la casa donde vivió don Vitín Salas. Me advirtió que la propiedad estaba transformada. El viejo antes de enfermarse la vendió y donó el dinero a la Iglesia para no dejarle ni un centavo al sinvergüenza de su nieto. La nueva dueña recordó que una mujer la visitó hacía aproximadamente diez años. Indagaba sobre el paradero de Vitín e hizo preguntas de cómo y cuándo ellos habían adquirido la propiedad. Quería que alguien la llevara a la tumba del viejo Salas y el esposo que escuchaba la conversación se ofreció a hacerlo. La señora de la casa se opuso al ofrecimiento de su marido. Tuve la impresión de que no quería verlo caminar con otra ni al cementerio. ¡Vieja celosa! No supo decirme qué relación tenía aquella mujer con el difunto Salas.

Decidí darme por vencida. Mi plan no marchaba como lo imaginé. Lo único que podía hacer era regresar a San Juan. En el camino vi una playa hermosa de arena blanquísima y olas bravas. Me detuve y bajé del auto con una botella vacía de vodka que había bebido a sorbos después de comerme un huevo crudo y tomar dos cucharadas de aceite de oliva, truco que aprendí en la cárcel para no perder el control mientras bebía. Se me aguaron los ojos. Quería ser fuerte, pero no podía. Pensaba en lo diferente que pudo haber sido mi vida si ese hombre no se hubiera aparecido en el banco. Saqué de la cartera el papel con las razones que escribí en el avión y lo metí dentro de la botella. La eché al mar a ver si, desasiéndome de los malos pensamientos, podía calmar mi corazón destrozado. Tenía la ilusión de empezar de nuevo.

Me paré en la orilla a observar el movimiento de las olas mientras jugueteaban con el frasco de vidrio. Entonces, escuché un ruido detrás de mí; volteé para mirar hacia los matorrales, y noté un bulto entre las ramas. Me acerqué lentamente para tener tiempo de correr si encontraba algo peligroso; sin embargo, hallé a un hombre deshidratado, quemado por el sol y casi delirando. Pegué un grito al verle una araña en el hombro, pero enseguida me di cuenta de que era un tatuaje. Él asustado se movió con dificultad. Me agaché para tomarle el pulso. Los latidos eran débiles. Le pregunté cómo había llegado allí y no contestó porque la lengua hinchada se lo impedía. No podía dejarlo; soy enfermera, abandonarlo hubiera sido una deshonra para mi profesión. Le dije que lo llevaría al hospital, pero con sus pocas fuerzas se opuso moviendo la cabeza.

A rastras, lo ayudé a montarse en el carro y lo llevé al negocio de la señora que me había dado los datos de la familia Salas. Le pedí con desesperación que nos ayudara. Entre las dos lo sacamos del auto para acomodarlo en un colchón de la trastienda. Allí estuvimos tres días en lo que logré hidratarlo con sueros que conseguí en la farmacia. Primero le curé las quemaduras con agua fría para la hinchazón y una crema de aloe vera. Al segundo día le preparamos una sopa de pollo y a cada hora lo obligábamos a tomar mucha agua, hasta que notamos cierta mejoría. Al tercer día se mostraba con más ánimo; nos dio las gracias con un acento colombiano que pude identificar, porque en la cárcel había dos presas de ese país. Lo asistimos en el baño y se vistió con una muda de ropa que le compré.

La señora de la fritura comentó que él era un indocumentado, que ella estaría en serios problemas si la policía se enteraba de que lo tenía allí. Le agradecí su ayuda y le puse en la mano dos billetes de veinte. Le ofrecí a mi paciente llevarlo a donde necesitara ir en mi ruta hacia San Juan. Me pidió que lo dejara en una calle de Santurce.

Durante el trayecto, me contó que venía huyendo de un tal Jairo «el Coco» Estrada, quien le había puesto precio a su cabeza cuando le comentó que quería dejar el negocio de las drogas. Ya estaba cansado de vivir asustado, con miedo a que lo mataran en cualquier momento. Un amigo de República Dominicana le insistió para que viajara a esa isla y que luego viniera en yola a Puerto Rico, porque así borraba cualquier rastro suyo. Estrada y su gente no podrían encontrarlo. Como tenía suficiente dinero, logró que lo transportaran en una embarcación solo con el capitán. «Ese fue el último privilegio que me pagó la droga», comentó. Se arrepintió tan pronto salieron de Miches porque el mar estaba bravo, como suele ocurrir durante el mes de enero. El vaivén de las olas impactando la yola le causó náuseas y, cuando se adentraron en altamar, comenzó a vomitar. Estuvo enfermo por varias horas, se pasó acostado en el suelo, comiendo pedacitos de jengibre para contrarrestar los síntomas. En algún momento debió haberse quedado dormido, según me contó, porque despertó cuando ya era de día. El capitán le informó que todavía le restaban más de seis horas de viaje; se habían extraviado. Volvió a vomitar lo poco que había comido y decidió no ingerir nada para ver si se calmaba su estómago. Cuando divisaron de lejos la costa de Puerto Rico, el dueño de la embarcación sacó una pistola y lo obligó a tirarse al mar.

«Ya estamos cerca de la costa. No voy a arriesgarme a que nos vea la guardia costanera y me arreste. Salta o te mato ahora mismo». Y así lo hizo. Nadó casi sin fuerzas hasta llegar a la orilla y se arrastró para esconderse en los matorrales donde lo encontré.

Cuando llegamos a Santurce, lo dejé en la avenida Ponce de León con calle Borinquen. Enseguida recordé que, antes de entregar el auto, debía hacer las gestiones necesarias para conseguir un apartamento. Me senté en una cafetería que encontré más adelante, a buscar en el periódico algún lugar económico. Conseguí uno en Villa Palmeras, de un cuarto y un baño, en los altos de una panadería. Como estaba cerca, de inmediato fui hasta allá a verlo. Encontré al dueño detrás del mostrador atendiendo clientes, pero no tardó mucho en despacharlos y subir conmigo hasta el segundo piso.

Viví en la calle Eduardo Conde casi dos años. Con mis cartas de referencia, conseguí trabajo como enfermera en este hospital. Ahorré durante siete meses hasta que pude comprarme un Toyota Corolla del setenta y cinco, en buenas condiciones, a pesar de sus diez años de uso. Tenía un apartamento, un medio de transportación y un trabajo. Quizá la idea de lanzar la botella de vodka al agua con la lista de las razones por las que odiaba a mi exmarido había logrado despojarme de las cosas malas de mi vida. Entonces sucedió lo que jamás pensé. Un domingo salí al cine. En el preciso momento que cenaba un sándwich de pastrami en La Terraza de Plaza Las Américas, un hombre alto, con el pelo recogido en una cola, se me acercó. Preguntó si lo reconocía. Lo miré de arriba abajo, hasta darme cuenta de que tenía delante al colombiano. Se sentó a mi lado y conversamos un par de horas. Pidió mi número de teléfono porque quería invitarme a cenar para agradecerme lo que había hecho por él. Esa noche me acosté contenta; hacía años que no me ilusionaba.

Renato y yo fuimos a cenar el viernes siguiente. Desde ese momento no nos volvimos a separar. Luego de un tiempo, decidimos buscar otro apartamento para mudarnos juntos, pues el mío era pequeño y, además, el dueño me llamó la atención por meter a un hombre de vez en cuando en mi casa. «El alquiler es para una persona», recalcó. Sentí deseos de empujarlo; en mi mente lo imaginé rodando por las escaleras, hasta llegar al último escalón con la cabeza abierta, sangrando a borbotones. De repente, volví a ser la hija de su madre que vivió en la cárcel de Miami. Se lo comenté a Renato. Le pedí que cuando anduviera por las calles se fijara si encontraba otro lugar para mudarnos lo antes posible. Él fue quien consiguió el apartamento de Miramar, en el mismo edificio que vive usted. Tan pronto el dueño me lo mostró, quedé encantada. Ese edificio, aunque viejo y un poco gastado, me colocaba a otro nivel; no era Mayté la idiota cajera de banco ni Mayté la expresidiaria ni Mayté la de Villa Palmeras. Ahora sería Mayté, la que vive en la zona donde la gente tiene mucho dinero. Y como tenía un buen salario, podía darme ese lujo. Además, compartiría los gastos con Renato.

Pero, la mala suerte me persiguió en mi nueva vida. Antes de mudarme, terminé con Renato. Tuvimos una pelea porque me acusó de estar engañándolo con un compañero de trabajo. Me vio salir de su auto el día que fuimos a comprar almuerzo. Yo tenía antojos de comida cubana: un arroz congrí con plátano maduro y ropa vieja. Eso fue lo que ordené por teléfono y él se ofreció a llevarme a recogerlo en el Metropol de la Ponce de León. Yo no sabía cuán celoso era Renato ni lo había visto nunca cuando rondaba por el Doctor's Hospital para ver si yo andaba en «malos pasos». Al bajarme del carro, sentí una mano que me agarró por el brazo. Quedé frente a él y lo único que escuchaba eran sus gritos cuestionándome qué rayos hacía con otro hombre. Me empujó contra la puerta que se había quedado abierta y me golpeé en la cabeza con el cristal. Caí al piso. Mi amigo Federico trató de intervenir, pero Renato le dio un puñetazo y después salió corriendo en dirección hacia la avenida Fernández Juncos. Estaba en peligro de que llegara la policía y lo arrestara; sería una deportación inmediata.

Los guardias del hospital llegaron al oír mis gritos, pero ya mi agresor había desaparecido. Les dije que no lo conocía y que tal vez era uno de esos «enamorados a lo adivino» que se creía mi dueño. Pensé delatarlo, pero me arrepentí porque, a pesar de descubrir a un Renato capaz de ser extremadamente violento, sentí pena. Estoy segura de que la policía no creyó mi historia; sin embargo, me dejaron en paz. Ahora que recuerdo el incidente puedo decir que, aunque el golpe lo sentí muy fuerte en mi cabeza, lo peor fue que la comida terminó desparramada por el piso.

Renato apareció en el nuevo apartamento a reclamarme por qué no le contestaba las llamadas. Esa fue la noche en que Glori me defendió. Me estuvo raro que usted no saliera al pasillo a ver la pelea. Debe haberse quedado bien dormida; lamentablemente se perdió tremendo sal pa' fuera. Desde ese momento me sentí en deuda con la vecina por su intervención. Al otro día, quise hacerle un regalo, y solo tenía una botella de vodka que había comprado para celebrar con Renato lo que hubiera sido nuestro nuevo hogar. Le puse una tarjeta de agradecimiento y aparecí frente a su puerta. Toqué varias veces hasta que abrió. Pensé que estaba a punto de salir a su trabajo nocturno porque la vi muy bien vestida, y por eso no conversamos mucho. Percibí en su mirada cierta evasión, como si hubiera llegado en el momento más inoportuno. De reojo vi dentro de un cesto, junto a un paraguas, el bate de aluminio que ella había utilizado la noche anterior.

Quería comentarle que las mujeres que viven solas pueden ser víctimas de ataque en cualquier momento. Para mí era importante que mi vecina supiera que yo también estaba dispuesta a defenderla, de ser necesario.

Bueno, las pulsaciones van mejorando. Ahora tengo que atender a otro paciente. Lo último que le contaré por hoy es que fui a la oficina del agente Olmes y le entregué el tercer anónimo. Acordamos que instalaría un sistema de vigilancia en el pasillo de mi piso y en el área de los buzones para grabar a los que transiten por allí. El 31 de diciembre, cuando llegó el último sobre blanco, el rostro del autor no quedó registrado en ninguna cámara porque todavía no habían instalado el equipo.

Mayté, no puedo más. Domenico es el asesino.

7

Después de mandar el último anónimo, soñé un par de veces que Domenico me atravesaba una daga en el cuello. Me acostaba con el temor a sus represalias si se enteraba de que yo le había escrito a Mayté, delatándolo. Ese hombre, tan peligroso, era capaz de incriminar a cualquiera con tal de salvarse. Le envié varios mensajes a mi exnovia para prevenirla en caso de riesgo. No quería que Mayté cargara con culpas ajenas, por eso quise ponerla sobre aviso. Pensaba que Jairo «el Coco» Estrada, el hombre por quien abandoné Colombia, era el tipo más hijo de puta que había conocido; me convencí de que no cuando Domenico me involucró en sus proyectos.

El 5 de diciembre recibí una llamada del patrón, a eso de las dos de la mañana. Yo estaba en el vestíbulo del Dupont Plaza, esperando que Dulce, una de las chicas nocturnas, terminara su servicio con un cliente. Como yo la había reclutado y no llevaba mucho tiempo en el oficio, me sentía responsable de transportarla a su casa; además, vivíamos cerca. Entonces, sonó el teléfono que estaba sobre la mesa junto a la butaca en la que me había sentado a esperarla. Era Domenico. Me indicó que entrara a su oficina del hotel y recogiera la carpeta rotulada «gran proyecto», que se le quedó en el escritorio. Debía salir de inmediato de la hospedería e ir a la construcción de la calle Unión. Él permanecería en el tráiler para hablarme de ese otro asunto que había clasificado supersecreto. Antes de partir, le dejé instrucciones a Dulce con uno de los botones para que se fuera en taxi.

Al llegar, vi el Mercedes gris estacionado en la calle y el portón peatonal de la verja protectora entreabierto. No era extraño reunirme con él a cualquier hora del día, de la noche o madrugada. La norma fundamental de la relación laboral consistía en estar disponible las veinticuatro horas; con frecuencia me sacaba de la cama por cualquier bobada. El único tiempo que respetaba era cuando estaba en Together. Aunque no había mucha diferencia ya que también allí adentro trabajaba para él. Cuando me ofreció empleo, me puse muy contento porque creí que me iría de ese antro de muerte que detestaba y al que solo me ataba la necesidad. Sin embargo, fue requisito permanecer en la discoteca para reclutar cierta clase de gente que él necesitaba para ofrecerla a sus clientes. Si Domenico aceptó la invitación de Aureliano de visitar su negocio, no fue por complacer al amigo, sino para comprobar el material humano que se podía obtener. Los clientes del patrón cada vez requerían personajes diferentes y sus fantasías sexuales exigían constantes cambios. Por esta razón, en su nueva oferta entraban voltia'os, lesbianas, *gigolos,* pela'os, según fuera el pedido. El negocio de la construcción había mermado, por este motivo el Desarrollador quiso combinarlo con el comercio de trata de blancas. Su ambición era cada día más grande y tenía una red humana por bares de ciertas zonas de Río Piedras, Santurce, Condado, Viejo San Juan e Isla Verde. A sus clientes distinguidos, entre los que se encontraba el senador Carelio Paredes, les ofrecía habitaciones superlujosas en el Dupont. Toda la «mercancía» era inspeccionada por Domenico a través de un cristal que tenía la apariencia de espejo, desde la habitación contigua. En ocasiones, si no estaba de ánimos y no le apetecía manosear a la modelo, me autorizaba a gozar del privilegio para emitir una opinión. El Desarrollador no tenía ningún escrúpulo para desnudarse delante de cualquiera y atacar a sus víctimas. La primera vez que lo hizo delante de mí, fue cuando le presenté a Kathy, una joven de dieciséis años, hija única, que buscaba ganar dinero para ayudar a su madre, paciente de cáncer. Cuando Domenico se enteró de que era virgen, quiso llevarse el premio. La joven, sumamente delgada, quedó atrapada debajo de la bola de sebo. Ese día él no se encontraba de buen humor, por eso no hubo caricias, solo penetración. Antes de marcharse de la habitación, me comentó: «¡Te felicito! *Buona acquisizione*». Y luego se dirigió a la chica: «Vamos a ver si aprendes más del negocio para que dejes la tembladera».

Cuando abrí la puerta del dormitorio, Domenico aguardaba en la sala de la *suite*. Leía el *New York Times*. Apagó la luz y me pidió que llevara el «bombón» a la habitación 707; el alcalde llegaría en veinte minutos. Dirigiéndose a ella, en la oscuridad, le comentó con cinismo que esperaba que la segunda lección le sirviera para mejorar.

No crea que me he desviado del tema. Me interesa que conozca quién es realmente Domenico Lucania. Él aparentaba ser el multiempresario más poderoso de esta isla. Dos días después del incidente de Kathy, el Desarrollador me comentó que iría a Boston por un par de días a presentar el lucrativo proyecto a unos inversionistas y que aprovecharía el viaje para visitar a Victoria. Con el tiempo descubrí que ellos eran los patrones de Domenico y que este tenía que rendirles cuenta de todos sus movimientos en Puerto Rico.

Domenico me encomendó los clientes del Dupont. Siempre elogiaba mi trabajo porque los errores eran mínimos, si es que los había. En su agenda estaban pautadas dos citas con futuros candidatos para acompañar a damas ansiosas de placer y cariño. A Glori le asignó esa labor. En su ausencia, ella se encargaría de entrevistarlos. Uno de los requisitos de la evaluación consistía en que fuera un «hombre plancha»; es decir, que al conectarse con la mujer se calentara de inmediato, de lo contrario no le serviría para nada. «¡Que se vaya a freír sus huevos al infierno!», decía Domenico cada vez que alguno no llenaba sus expectativas. Glori tenía que examinarlos desnudos, tomar dimensiones de todo el cuerpo y fotografiarlos para el catálogo que se le presentaba a los clientes. También, ella les mostraría sus tetas, el trasero o todo lo necesario para excitarlos y anotar en qué tiempo estaban listos para pichar. A Glori no le pareció agradable la petición, me lo comentó luego, pero a Domenico no se le podía llevar la contraria. Ella se veía ilusionada con el Desarrollador, como si un hechizo la hubiera atado a él. Sin embargo, el muy... le demostraba lo contrario; la tenía como sucursal de su clan de placer. De repente, el patrón cambió de estrategia y me pidió, delante de Glori, que tomara las fotografías de los hombres desnudos en diferentes poses y que la incluyera a ella en las fotos. Yo creía que, después de esto, ella iba a mandarlo al carajo, pero no fue así.

Todo se cumplió tal y como él lo ordenó. El primer hombre llegó a las once de la mañana y el otro a las dos de la tarde. Durante el intermedio ordenamos comida con servicio a la habitación. Nos sentamos a la mesa como dos amigos. Bueno, no hay que olvidar que ella y yo éramos compañeros de trabajo en Together. Me preguntó si yo había tenido muchas relaciones con chicas. Le fui sincero: contesté en afirmativa y recuerdo que le dije: «Me he coronado más viejas de las que aparecen en los reinados de Colombia». Esa tarde la noté muy simpática y la intuición me decía que quería algo de mí. Incluso me di cuenta de que, cuando mostraba sus senos al individuo de la mañana, sus insinuaciones eran para el ojo que la veía por el lente... Si conoceré yo las mañas femeninas. Cuando se fue el segundo modelo, analicé que sus provocaciones, ciertamente, eran un tiro al blanco llamado Renato. Y por esta razón lancé el dardo primero:

—Si quiere me puede incluir en la lista de los modelos porque cumplo al cien por ciento con los requerimientos de la prueba.

—¡¿De veras?! —dijo desabotonándose la blusa.

—Pues compruebe que soy un *ironman* y no me refiero al triatlón de Hawái, sino que soy un «hombre plancha».

—¡Eso está por verse!

Mientras lo decía, se desprendió de los demás botones, pero no se quitó la blusa. Acercándose, me propuso que yo fuera el evaluador. Quería un informe detallado de su vagina y qué apreciación tenía de sus senos. Se justificó diciendo que todos la encontraban bella, pero en el fondo no lo creía. Necesitaba alguien experto en anatomía mujeril y yo fui el elegido. Me pidió que fuera sincero y no tuviera ningún tipo de reparo. No importaba los resultados, anhelaba una opinión honesta. Por ejemplo, que le dijera si en la entrepierna tenía una gruta o un estrecho, un río o un desierto, cosas así que, en una relación de pareja, son temas censurados. Al mismo tiempo que terminaba de darme las instrucciones, me desnudé y acabé de quitarle la blusa, también la falda; ella prefirió ayudarme con el panti. Hice todo lo que me pidió. Parecía un robot por lo sistemático del juego. Hubiera preferido que fuera a una evaluación con un ginecólogo, si quería un análisis profesional. Cumplí con mi trabajo y me la comí. El resultado, para bromear un poco y creerme un doctor que da su diagnóstico, se lo escribí en un papel timbrado del hotel:

Dupont Plaza
San Juan

Ashford Avenue, Condado, Puerto Rico

1ʳᵒ de julio del 1986

Certifico que he examinado a Glori Saleta y la encuentro una mujer normal, ni ancha ni estrecha, con la cuca reseca por lo que se le recomienda que use algún lubricante. Tetas grandes y firmes.

****

Al día siguiente hablé por teléfono con Domenico que todavía se encontraba en Boston. Me comentó que Glori le había informado de los grandes atributos que poseía el modelo que entrevistamos en la mañana anterior. A Domenico no le interesó para nada el güevón de la tarde y requirió, de inmediato, unas fotos donde apareciera el otro candidato acompañado por una joven. La elegida por el Desarrollador fue Kathy, quien tendría que posar desnuda junto al hombre en escenas eróticas, pues un cliente lo había pedido así. Ambos fueron citados para las tres de la tarde. Como en otras ocasiones, fui el fotógrafo. Al finalizar, quedamos ella y yo en el dormitorio; se tumbó en la cama en pelota y se acurrucó de lado abrazando sus rodillas. La sentí sollozar. No la podía dejar en esas condiciones. Me acerqué a la muchacha que me daba la espalda, le pasé despacio la mano por la cabeza, luego la deslicé por su nuca y le acaricié los hombros para bajarle la tensión. Me acosté a su lado y la abracé. Al rato, cambió de posición quedando boca arriba. Los senos expuestos me invitaron a jugar con sus pezones. Abrió las piernas y me dijo:

—Quiero que me lo hagas, pero no seas áspero.

Kathy no soportó la presión de dos y tres hombres por noche, los actos de sadismo ni las relaciones con mujeres. Con el dinero que obtuvo por sus servicios durante varios meses, se mudó con su mamá para Atlanta en busca de una segunda opinión médica. Lamentó las fotos y videos porque quedaron como evidencia de su pasado. Domenico se puso furioso porque precisamente el fin de semana en que la muchacha abandonó el trabajo, venía de escapada el más alto dignatario de una isla vecina a disfrutar de los encantos que ofrecía el país, aprovechando que era la festividad de Acción de Gracias. Sin ni siquiera consultárselo, Domenico sustituyó a Kathy por Glori y le pidió a Aureliano que le prestara el xilófono del Together para que ella realizara una función privada. Se hicieron todos los arreglos a espalda de Glori. Cuando el Desarrollador llamó a la vedete para que fuera al hotel con el fin de organizar la actividad en la que la había involucrado, ella se negó rotundamente. Él me mandó a buscarla a su apartamento. Yo sabía que vivía en el mismo edificio de Mayté y Misiselin. ¡Cómo lo podía olvidar si la noche que me enteré casi me parte la cara con un bate! La esperé afuera. Nunca quise que Mayté me viera con ella, pues, como aquella noche de enfrentamientos Glori fingió no conocerme, no deseaba causarle problemas con su vecina.

Bajó rápido y se montó en la parte trasera estrellando la puerta como si yo fuera el culpable de toda su calamidad. No emitió una palabra en los ocho minutos que pasaron hasta llegar al Dupont. Nunca había visto a Glori sin maquillaje, y la verdad es que parecía otra persona. El rostro se le acentuaba por el coraje y porque cubría la cabeza con un pañuelo que no permitía verle los cabellos. «No me dejes sola con él, por favor». Fue lo único que me dijo en la marquesina de llegada del hotel, antes de entregarle el BMW negro al *valet parking*. Subimos al piso de la *suite* presidencial donde nos aguardaba Domenico.

—¡Me tienes harta! ¡Yo no soy un juguete de tu propiedad! ¡No bailaré para ti ni para nadie!

Me hubiera gustado no estar allí porque los insultos de Domenico la pordebajeaban y eso me daba vergüenza. «¡Eres una perra malnacida, *figlia di puttana!*». Hasta le criticó que no sabía besar porque era una babosa que dejaba los labios salivosos, cosa que a él le molestaba mucho. La mujer indignada se le acercó desafiante y en italiano le lanzó a la cara el insulto más humillante que puede recibir un hombre: «*Piccolo pene!*». El Desarrollador golpeó con la fuerza del puño el rostro de Glori, quien al recibir el impacto se tambaleó, tropezó con el xilófono y cayó al suelo. Hice un amague para asistirla, pero el patrón me lo impidió, levantando la mano en señal de que no la ayudara.

—*Fuori di qui*, perra! *Sei una donna morta.*

Se levantó un poco turbada, apoyándose sobre el aparato que por tanto tiempo fue su cómplice en el Together. Inclinándose, se frotó el tobillo izquierdo. Parecía dolerle porque empezó a quejarse cuando lo apretó. Domenico, inflado de ira, le ordenó que desapareciera de su vista. Glori caminaba coja y casi no apoyaba el pie. Me moví un poco hacia ella para socorrerla, pero él de nuevo se opuso. Cuando solo quedaba el olor a la fragancia de gardenias, comentó:

—¡Que se lleven este *maledetto strumento* inmediatamente! Llámate a Aureliano y dile que esta noche necesito a la que imita a la Chacón para que abra el *spettacolo* que ofreceré a mi invitado. *Il suo spettacolo è superiore* que el de esta pendeja —dijo señalando la puerta por donde salió Glori—. Contrataré a un *gruppo di* bomba y plena para poner a *vibrare* estas paredes. Aunque me parece exagerada tanta algarabía en la *suite*. Déjame ver qué se me ocurre mejor. Te *avverto* una cosa, Renato, tienes hasta las *nove* de la *notte* para traerme *tre vergine* que no tengan *macchie sul corpo*, ni ningún tipo de *tatuaggi*. A nuestro invitado le ofreceremos productos «tiernos». Y si lo que quiere es una orgía, ¡la tendrá!

Domenico hablaba sin parar. Nunca lo había visto casi asfixiado. Decidido a que sus órdenes se cumplieran a cabalidad, tomó el teléfono y llamó al jefe de banquetes para ver cómo iban los preparativos del menú que había ordenado. Después se fue a dormir una siesta a su dormitorio. Miré el reloj y me percaté de que disponía de seis horas para completar todo su encargo. De fallar, sería hombre muerto. Seguí sus instrucciones. Tenía que ir a su *suite* a buscar en el archivo los porfolios etiquetados como «muchachas vírgenes» y examinar las fotos para percatarme de que ninguna tuviera alguna mancha o tatuaje. Todo lo concerniente a su negocio de blancas lo guardaba en un archivo con llave dentro de la *suite* y lo referente al «gran proyecto» lo tenía en la oficina del primer piso del Dupont; justo al lado del casino. Por eso no me explicaba por qué la cita en el tráiler de Miramar para hablar de ese asunto. Encontré cinco muchachas que en el formulario marcaron que no habían tenido relaciones sexuales, pero dos parecían tapetes persas por los dibujos grabados en la piel y otra tenía vitíligo en el abdomen. Me puse en contacto con las dos restantes y aceptaron mi oferta. Les di instrucciones de que vinieran en taxi, que se les reembolsarían los gastos. También les indiqué que cuando llegaran a la recepción preguntaran por mí.

Eso es otra cosa que no le había comentado. Domenico nunca daba su nombre a ninguna de las personas concertadas en este negocio. Se les pagaba en efectivo al finalizar la jornada. En ocasiones, si él no quería pararse frente al cristal para observarlas cuando eran reclutadas, yo les tiraba las fotos con una cámara instantánea Polaroid y se las enseñaba al patrón que esperaba en la habitación. Si le apetecía la mercancía, la invitaba a pasar, pero las luces ya estaban apagadas para que no lo reconocieran. Algunos clientes pedían discreción en el manejo de sus citas y nunca se les decía a los hombres o mujeres contratados quiénes eran las personas a las que iban a complacer.

Me faltaba una vieja. Recordé que en una ocasión que llevé a Kathy a su casa me presentó a Adela, una prima treintona, sin casarse, que vivía al frente y quien sabía sobre «los malos pasos» en los que andaba su parienta. Kathy siempre se burlaba de ella porque era solterona y «supuestamente» virgen. Busqué mi carro en el estacionamiento, que no era el BMW, y me fui al Alto del Cabro. Esperaba que su cuerpo fuera una buena respuesta con su cara lozana: no tenía acné ni manchas de sol.

—¡Qué casualidad! Lo traje con el pensamiento. En estos días me cuestionaba si lo volvería a ver después que Kathy se fue.

La mujer me recibió con tanta amabilidad que vi el cielo abierto porque no tendría que andar con rodeos. Tomé de pretexto a la prima. Indagué si había llegado bien. Me contestó que todavía Kathy no la había llamado. Casi le pregunto a rajatabla si era virgen, pero me dio un sofocón que lo que hice fue pedirle agua. Invitándome a sentar en el balcón, me la trajo servida en un vaso sobre una bandeja de aluminio. Me la tomé de un trago y se lo devolví. Le di las gracias y sin titubeos le cuestioné:

—¿Es verdad que usted es virgen?

Escuché el impacto del metal y los vidrios al caer cuando Adela soltó la bandeja. Los ojos le brillaron, abrió la boca y se la tapó con las manos. Reaccioné de inmediato. Tuve la impresión de que ella creía que le iba a proponer matrimonio. Por este motivo, tenía que actuar aprisa para no ilusionarla; no era justo elevarla hasta las nubes para luego dejarla caer en picada como el vaso, por lo que me la jugué: «Esta noche necesito una mujer como usted para un trabajo de los que hacía su prima», dije esperando la bofetada. Sin embargo, no lo hizo. Respiró profundamente y luego comentó:

—No lo soy. Hace tiempo que dejé de serlo. Lo que sucede es que como nunca he tenido un novio entre los hombres del barrio, desde hace años comenzó a rumorearse sobre mi virginidad.

Me sentí derrotado con la noticia, pues no disponía de tiempo para buscar una vieja ideal. Imploré su ayuda. ¿Qué podía pasar si se descubría que ella era más falsa que una puta virgen? Me imaginé que Domenico se enfurecería a tal grado que rehusaría a pagarle por impostora. Entonces yo me responsabilizaba de costear sus honorarios; perdiendo se gana. Quince minutos después íbamos rumbo a la New York Department Store a comprarle un vestido juvenil y algunos accesorios.

El presidente consideró que las otras dos jóvenes podían ser sus nietas y le pidió a Domenico que las despachara. Adela le acompañó durante los tres días que permaneció en la isla. Tanto el Desarrollador, quien no sabía de dónde había salido la mujer hasta que le expliqué el parentesco con Kathy, al igual que el distinguido primer mandatario, quedaron más que complacidos por mis gestiones. Yo me anotaba un punto, Glori los perdió todos.

Volviendo a lo que nos compete, el 5 de diciembre, a eso de las dos y media de la madrugada, me estacioné detrás del Mercedes gris, crucé la calle y empujé el portón peatonal, que, como le expliqué, estaba entreabierto porque el patrón me esperaba. Me extrañó que la cortina de la ventana del baño no estuviera cerrada, y como la luz estaba encendida se podía apreciar desde afuera lo que ocurría en su interior. Domenico estaba en el lavamanos restregando el puño de una camisa blanca. No le di importancia hasta que escuché el maullido de un gato. Cuando volteé la cara en dirección hacia donde provenía el quejido del animal, vi tirada a una mujer sobre un montículo de arena. Me acerqué y pude comprobar que era Glori. Fue impresionante toparme con una escena tan horrible. Estaba boca arriba, muerta, mirando sin ver la noche, con una varilla que le atravesaba el pecho. Sandro se acercó, como siempre lo hacía en el apartamento de los Ventura, y rozó su cuerpo en mi pantalón que quedó manchado de sangre. De inmediato comprendí por qué Domenico quiso citarme en la construcción. Deduje que me incriminaría en el asesinato. Al ver sangre en mi ropa, salí aturdido del lugar. Caminé apresurado hacia el carro, mirando para todos lados. Por suerte, no encontré a nadie en la calle a esa hora que pudiera identificarme. No encendí las luces del carro hasta que dejé atrás el condominio de la difunta, ubicado a dos bloques más arriba de la construcción donde murió. Recordé las últimas palabras que Domenico le dirigió a Glori: «¡Sal de aquí, perra! Eres mujer muerta». Mis manos comenzaron a temblar y no las podía mantener fijas al volante. Tuve que detener el vehículo para tranquilizarme. Ahora yo también estaba en peligro.

8

Si tú no tienes los cojones para aguantar los negocios que llevo, entonces recomiéndame a otro *avvocato*. No comprendo tu estúpida actitud. Tu padre y yo nos entendíamos muy bien. Era un hombre con los *pantaloni* bien puestos. Tal vez ayudaba el que nos conociéramos desde muchachos. Déjame explicarte algo: el movimiento en el Dupont es simplemente una actividad *commerciale*. Fíjate, ¿cuál es la diferencia entre pagarle a una empleada doméstica para que te limpie la casa y pagarle a una *ragazza* para que te saque el estrés del cuerpo? Cada una tiene derecho a un salario por su *lavoro*. Así que mi negocio de las acompañantes *e molto* válido y no como tú lo pintas. Me ha tomado varios *anni* levantar esta empresa a la sombra de mis inversiones y proyectos. ¿Que cómo comencé? Cuando cumplí los *trentacinque,* tu padre y unas amistades organizaron un *viaggio* a Carson City. Allí habían legalizado la prostitución *tre anni* antes, en 1970. Íbamos con el único propósito de visitar el Bunny Ranch. Aquello era un local a las afueras, casi campo, un *paradiso*. Al entrar te recibían el administrador y una asistente y te ofrecían una copa de bienvenida. Luego te daban una lista de los diversos *servizi* y los costos; tú sabes... sexo oral era tanto, *due* chicas otro precio y así por el estilo. Luego, te pasaban a un salón para que escogieras a una o varias *ragazze*. Una decisión difícil porque eran unas tipas como para comérselas. Fue una *notte* inolvidable. Dejé *mille dollari* por una sesión con *due* mujeres, todo incluido. ¡Imagínate el resto! De regreso veníamos comentando lo bien que la habíamos pasado y la necesidad que existía en Puerto Rico de un *servizio* como ese. Tu *papà* fue el único que se interesó en unirse a mí en este negocio. Como no era posible poner un local igual al Bunny Ranch, porque la *prostituzione* aquí es un delito, opté por utilizar el Dupont. Acababa de firmar un contrato por un espacio de *ufficio* en el primer piso para mi *attività edilizia* y, en ese entonces, me alquilaron por un *anno,* con derecho a renovación, *cinque* habitaciones. Tu *padre* apenas duró el *anno;* eso de ir a misa y hacerse *amico* del cura lo convirtió en un pendejo y le entró la culpa. Todo esto lo he manejado como lo que es: un negocio que me reporta buenas ganancias y no tengo remordimiento alguno. Mira, ahora está tan bien organizado que existe un catálogo de ofertas con una operación que abarca *venti* habitaciones para diversos intereses: heterosexual, homosexuales, sadismo, pedófilos, orgías, voyeristas y *due suites* a todo lujo para los dignatarios o millonarios con caprichos extravagantes. Esto es una empresa *perfetta.* Yo me acerqué a Glori para ver si quería entrar en el negocio e incluirla en el catálogo, pero la muy cabrona se ofendió. Es mejor ayudante en los números.

Si *Ragazzo,* estás del carajo. El día que te presenté a Kathy fue para que disfrutaras del momento, no para que la tomaras en serio. Te dije que no la enamoraras y fuiste tan pendejo que no me hiciste caso. Desde la *prima* vez que la vi, con aquel recorte a lo Mia Farrow que le daba un aire de varoncito flaco con tetas, supe que sería un *hit* para el negocio. Era un *biscotto,* una excelente candidata tanto para el hombre que le gustaban las nenas, como para el que le atraían los nenes. La inicié para que aprendiera a hacer bien su *lavoro* porque al principio sufría de un temblequeo insoportable. Lo curioso de este negocio es que en la entrevista están decididas a *tutto;* son muy valientes, dicen que no se van a asustar, que necesitan el dinero, que harán lo que sea; *ma* cuando se enfrentan a la realidad se desmoronan como una *merda.* La actitud angelical les dura un par *di giorni* y luego hay que cuidarse de ellas; como la maldita Kathy.

Sé que no me perdonas que la explotara. Sí, sí, yo sé que esa es la *spina* que tienes contra mí. Creo que en su corta carrera de damisela de compañía tuvo cerca de *trecento* clientes. *Tutto il mondo* se enamoraba de ella. Una *collezione* de imbéciles con el Síndrome del Caballero de Blanco. Tuve una novia psicóloga que me enseñó ese concepto. Son tipos que se meten en una relación *per salvare* a la pareja de algún problema. Todos ellos, incluyéndote a ti, se creían que Kathy estaba en el negocio como una esclava. ¡Bah! Usualmente les doy hasta un *quindici per cento* de lo que generan en la *notte.* Pero a la arpía desagradecida esa, como atraía a tantos clientes, le daba un *venti.* Me dieron ganas de matarla cuando Renato me dijo que se iba. Era la *puttana* que más ganaba. Tuve pérdidas cuando se fue. Está viva porque la prima vino a trabajar con nosotros y yo respeto los lazos de familia. Críspulo del Valle me había ofrecido ocuparse de ella. Es un privilegio tener a un *colonnello* de la *polizia* como *amico.*

Sabes de quién te hablo, ¿verdad? Por tu cara, sé que te parece *impossibile* que el oficial sea mi *amico.* Ese sí que es un individuo listo y calculador. Le he pedido que me mantenga al tanto del *crimine* de Glori porque no quiero tener a la *polizia* observando todos mis pasos. Llevo *anni* con el negocio de las chicas y sería una *merda* que por culpa de esa desgraciada me descubran. Además, él es el único que me puede conseguir la dinamita y tiene los contactos para ayudarme en el «gran *progetto*». Te voy a contar los detalles. Si vas a seguir siendo mi *avoccato*, es hora de que lo sepas.

En el *ottanta* fui con Zulma de *viaggi* al Mediterráneo, a ver las islas griegas. Obviamente la idea surgió de ella. A mí me gustaba complacerla y ver la chispa en sus ojos cuando algo le interesaba mucho. Alquilamos un yate con su *capitano*, exclusivamente para nosotros *due*, para que nos llevara a dar una vuelta por las costas. La *illusione* de Zulma era admirar desde *il mare*, sin prisa, las fachadas mediterráneas. Había visto unas fotos y soñaba con ese viaje en particular. Tengo que admitir que aquella vista tan *bella* de construcciones pintadas de *bianco*, me llevó a imaginar múltiples novias ante un gran *altare*. Mientras la contemplaba recordé el día que fui de pesca por la costa norte del Viejo San Juan en el yate de mi *amico* Leonel. Me percaté de la barriada de La Perla y lo fea que se veía. Cuando retorné del *viaggi* a Europa ya tenía trazado en mi mente un *progetto* magnífico. En la Navidad de 1984 me reuní con el *senatore* Carelio Paredes y le propuse que expropiaran la zona. Era viernes y el hombre acababa de almorzar. No sé si es porque tenía varios palos de ron en la *testa* o si el tipo era un historiador frustrado, pero la conversación fue un *disastro.* Él insistió en contarme *come* se fundó la barriada. Yo lo soporté porque lo necesitaba.

Comenzó recordándome que la *città* tiene murallas. ¡Como si yo no las hubiera visto! Ese día aprendí que, por regulación del municipio, los mataderos y el cementerio tenían que estar al otro lado del muro. La *città* dentro de las murallas era muy elitista. ¿A que tú no sabes que a los esclavos y a los mulatos se les prohibía vivir en la ciudad? Todos ellos tenían que vivir, junto a los pobres, fuera de las murallas. Así fue como comenzó La Perla: mal de todas formas. Me tomó *molte* reuniones, *dollari* y mujeres para convencerlo de eliminar ese sitio.

Sí, claro que el *governatore* lo sabe. Desde que le hablé de mi plan se entusiasmó muchísimo con la idea de desarrollar un colosal *progetto* turístico que obviamente será muy lucrativo para la *isola*. Sin embargo, a pesar de que el Gobierno es el más beneficiado, no quiere involucrarse porque tiene miedo de perder las elecciones del 1988. Teme que lo tilden de elitista. Por eso, las veces que hemos *parlato* del asunto ha sido en actividades sociales; él se niega a discutirlo en Fortaleza. He tenido que ocuparme de desmantelar el arrabal. Como ves, llevo *sei anni* trabajando este *progetto.* Lo primero que tuve que hacer fue convertirme en un *dio;* como el que echó las plagas en *Egitto* para que el *faraone* liberara al pueblo de Israel. Envié a La Perla todo tipo de sabandijas: ratas, cucarachas, polilla y comején. Luego asigné *sei* matones a *vivire* entre ellos, para sembrar el *terrore* creando bandas de narcotráfico y prostíbulos baratos. Cuando menos se lo esperaban envié unos *gruppi* para que se adueñaran de diferentes puntos de droga, lo que provocó la guerra entre ellos mismos. ¡Se están matando! Han desaparecido *famiglie* completas. Bien lo dijo Julio César: «Divide y vencerás». Las *ragazze* que se contaminan con sífilis, sida o gonorrea también las llevo para allá. Mi *intenzione* es crear un caos para que la gente de La Perla se vaya, al darse cuenta de que es insoportable vivir bajo esas *condizioni infernali*. A los *idioti* que no se quieren ir, los sacaré por otros medios. Por último, voy a dinamitar los bordes estratégicos de la muralla para que colapse sobre las casas. No, no me importa si el plan es *violenti* ni lo que pueda surgir con la Oficina Estatal de Conservación Histórica. El *fine* justificará los medios. El Gobierno declarará la zona como un lugar inseguro y expropiará a los residentes que queden, para proceder a demolerlo *tutto*. Esto me lo garantizó Carelio Paredes. Mira si está para mí esta inversión que tuve la suerte de conocer, en un *viaggi* a Miami, al prestigioso *architetto* Stewart Montekro, quien aceptó el contrato para el diseño de los planos. De hecho, la *notte* del maldito *crimine,* yo le iba a enseñar a Renato una copia reducida de los planos del conjunto hotelero y un *mappa* de La Perla donde se localiza cada casa, negocio y hasta la capilla. Por cierto, él me dijo que no llegó al tráiler porque se le dañó el carro en el camino, *ma* lo vi estacionarse y cruzar la calle. No pude ver más porque la verja me lo impedía. Yo estaba en el *bagno* lavando el puño de la *camicia* que se manchó de vino en el casino y precisamente tenía la cortina de la ventana *aperta* para darme cuenta cuando llegara. Esperé, pero no tocó a la *porta*. Pensé que había olvidado la carpeta y retornó al hotel a buscarla.

En esta *isola* todo se sabe. Eso me molesta. El *colonnello* estuvo en mi casa hace unos días. La sirvienta lo llevó a mi oficina.

—¡Ya lo saben! —dijo del Valle.

Le hice señas para que cerrara la *porta* y pregunté a qué demonios se refería.

—Del asunto de La Perla —me contestó en un tono bajo—. El senador calculó que podría llegar a perder seguidores si alguna vez se enteraban en la comunidad de que él apoyó el proyecto, así que se puso a contarle tu plan confidencialmente al líder del partido en la barriada. Como Carelio también tiene las manos sucias no va a llevar el asunto a los medios, pero ya le pusieron precio a tu cabeza. La noche en que me enteré, te llamé al Dupont y me comunicaron con Renato. Él me dijo que estabas en el tráiler y se iba a encontrar contigo. Me fui hasta allí y cuando me acerqué al lugar, vi salir de la construcción a dos tipos que se montaron de prisa en un Mustang rojo. Decidí seguirlos. Me extrañó además ver una mujer caminando sola por la acera a esa hora. La vi de espalda y luego la miré desde el retrovisor, pero, por la oscuridad, no pude definirle el rostro.

Cuando Críspulo terminó de contarme *tutto* lo que presenció le pedí que me dijera quiénes eran los *figli di puttana* que iban en el carro. Jamás imaginé lo que terminó contándome. Uno de los tipos era precisamente el dirigente de la campaña del senador Paredes en La Perla, un *polizia* corrupto, hijo de un juez del Tribunal Federal, que nunca habían podido procesar. El otro era *il mio amico*, Carelio Paredes. Yo prefiero pensar que solamente querían *parlare* conmigo.

Hoy ha sido un día de encuentros inesperados. Cuando me disponía a salir del hotel me topé de frente con el líder de la unión de tronquistas *di merda* que formaron en octubre. El tipo quiere que yo los apoye, que me meta en lo que no me importa y abogue por ellos para que no despidan a *sessanta* miembros. Creo que quieren sustituirlos por otros que no son del gremio, como dicen. Le dije que eso no era de mi interés. Los muy *imbecilli* se creen que haciendo un conato de *fuoco* en cualquier esquina pueden lograr lo que pretenden. La cuestión fue que aceleré el paso para quitármelo de encima. Cuando llegué al tráiler me encontré a Misiselin. Se puso a contarme, histérica, un *sogno* que tuvo. Me dijo que vio un *fuoco* enorme, como un *inferno,* y que se escuchaban golpes secos que no podía definir. Siguió con que yo estaba en un salón grande y majestuoso, rodeado de *molto* dinero, buscando una salida y que Renato me miraba por una ventana mientras reía como un *diavolo.* Allí mismo me entregó un papel. Me dijo que era una receta para que me diera un baño de protección y que la hiciera lo antes posible. Te confieso que *non credo* en estas cosas, pero aquí la tengo. Te la voy a leer para que te rías:

Una matita de albahaca

Una matita de ruda

Té de ajenjo

Una cacerola de barro

1/2 taza de agua mineral

1/2 taza de ron blanco

1/4 taza de miel

Un diente de ajo

Cascarilla de huevo blanco

Un velón blanco

En un rincón de la cocina va a poner el velón encendido. Lo derrite por debajo para que se pegue. Con sus manos, desmenuce las hojas de las plantas dentro de la olla. Luego le echa el agua mineral, el ron, la miel, el ajo bien picadito y al final la cascarilla. Lo deja como tres horas hasta que la vela se consuma. Durante esas tres horas haga la oración de san Benito con mucha fe, para que funcione.

Si tiene alguna duda, puede ir a la botánica de la Plaza del Mercado en Santurce y le entrega la receta al dueño, don Carmelo. Le dice que va de mi parte. Él sabrá explicarle lo que tiene que hacer.

¡Yo estaba superencojona'o! Mira tú, ocuparme tiempo con esa *merda*. Lo único cierto en todo esto es que el bandido de Renato se está burlando de mí. Ese mamarracho está muy calmado. Él no sabe que va a cavar su propia tumba. Su *funerale* también tiene fecha.

9

Olmes, ¿usted de nuevo por aquí? ¿Lleva mucho tiempo ahí parado? Estaba en mi hora de hacer la ronda por los pisos del condominio. Debió avisarme de su visita. A estos muchachos de mantenimiento no se les puede quitar los ojos de encima, si no, hacen las cosas mal. Inspecciono el trabajo de ellos; si veo algo sucio lo reporto en la administración. Todo el día estoy pendiente de la limpieza porque los muy sinvergüenzas se van al estacionamiento a fumar, a pasar el macho en el chachareo y eso no está permitido.

¡Qué pregunta más tonta usted hace! No, hombre, no me pagan por estos menesteres. Sencillamente lo hago para entretenerme en algo; superviso cómo se emplean las benditas cuotas de mantenimiento y también me ocupo de que haya orden en el edificio. Por cierto, ¿trajo el cuadro del santo que se llevaron de la casa de Gloria el otro día? ¡Que Dios la tenga en su seno! Recuerde la promesa de devolvérmelo.

¿Cómo usted dice? ¡¿Que va a registrar mi casa como parte de la investigación?! Pues entonces, déjeme ver la orden del juez. ¡Imposible que en la cama y en la mesa de noche de Gloria encontraron huellas iguales a las mías! No venga ahora a cambiarme las fichas del juego. ¿Eso lo lleva a concluir que Gloria y yo tramábamos algo en contra de Mayté? Las huellas que encontraron entre la tapa trasera del enmarcado y la lámina del cuadro que le presté tienen una explicación. No sabía que dentro del sobre había una carta, y mucho menos una fotografía de un hombre con mi vecina Mayté vestida de novia.

¿Comoquiera va a mandar a entrar a los muchachos? Está bien, está bien, pero sin regarme las cosas; dejen todo en su lugar y mucho cuidadito con apagar alguna de las velas. Cada una se consume solita. Olmes, no cambie la página de la Biblia, tiene que estar abierta justo en el medio para que las energías de la casa estén equilibradas; por eso siempre la conservo abierta. ¡No sabía que usted estaba interesado en las Sagradas Escrituras! Le voy a aclarar de qué se trata su hallazgo…

¿Para qué quiere que le abra esa habitación? Ahí no hay nada que a usted le pueda interesar. No se ponga bravo, ya voy. Ventura tenía la llave. No sé dónde la dejó. Vete, vete de aquí, m'ijo, la cosa no es contigo. No vuelvas otra vez a molestarme. Vete y déjame tranquilita. Anda, busca la luz. Mira la llama de la vela blanca sobre el altar, es para que te ilumine el camino. Te ordeno que cruces la luz para que descanses en paz.

No, no hablo con usted, Olmes, ni con nadie que usted conozca. Ya esto se lo había dicho la otra vez que me entrevistó: es un espíritu aferrado a este mundo y necesita a alguien para guiarlo hacia el más allá.

Bueno… Pero ¿qué es lo que pasa ahora? Dígales a sus muchachos que no hay necesidad de tumbar la puerta. ¡Está bien!... Ya recordé, tengo la llave aquí. Se lo juro que no le mentía. Como le dije, por momentos la mente se me queda en blanco, por eso olvidé que la tenía colgada de esta cadena. Es que se esconde en mis pechos y por eso no la veo.

Olmes, usted pregunta demasiado. ¿Que qué es todo eso? ¿No lo ve?, ¡comida enlatada! Son provisiones guardadas, las he ido almacenando poquito a poquito. Cómo va a decir que tengo un colmadito aquí, no, no es eso. El reglamento de este condominio prohíbe cualquier tipo de ventas y estoy pendiente hasta de la vecina de los límbers. Soy la primera en reportar a la administración si veo a alguien vendiendo por ahí.

Olmes, las cartas me han mostrado que algo malo viene para esta isla, por eso tengo este minialmacén. Aún no se ha revelado lo que es, tampoco sé cuándo será, pero las barajas presentan una amenaza de hambre para Puerto Rico y el mundo entero. La comida escaseará, no habrá agua. Ocurrirá un cataclismo. Eso puede suceder de un momento a otro. A pesar de haber muchas cosas expiradas, cuando hay hambre hasta la comida de gato es buena. Ese congelador tiene carne; ahí no va a encontrar nada más, solamente mucha carne almacenada.

No exagero y no me gusta su chiste de que si la luz se va por un par de días se dañará todo, hasta los espíritus que tengo congelados. Además, si eso ocurriera saldría a la calle a repartirla. Ya ha visto, aquí no hay nada para incriminarme, como tampoco lo encontraron en el resto del apartamento. Le he dicho todo lo que sé. No tengo nada más que declarar.

Está bien, está bien. Es cierto, usted determina cuándo finaliza el interrogatorio. Tiene razón, el otro día solo lo dejé hacerme dos o tres preguntas y hoy comencé a hablar sin parar, no se lo discuto. Pero eso de explicarle por qué hay huellas mías en la casa de Gloria y cuál fue el trabajito que le hicimos a Mayté, lo haré después de darle la meriendita a Sandro. Usted siéntese y dígale a sus dos perros sabuesos, perdón, a sus muchachos, que se vayan. Sandro, mi amor, ven con mamá a comer.

Ya le había comentado que Gloria era muy reservada, se limitaba a un hola y adiós. Nunca la vi entrometerse en la vida de algún vecino ni tampoco visitar a nadie. Doña Reina, la del 203, apenas la conocía; la pobre tiene tantos achaques que casi no sale de su casa. Los hijos vienen una vez a la semana a ocuparse de ella. Me paso encima de ellos diciéndoles que vengan con más frecuencia porque está muy viejita para dejarla sola tanto tiempo. Si un día le pasa algo a esa señora, sus hijos serán los culpables.

Gloria vivió aquí más de seis años porque este es un edificio tranquilo. Como usted sabe, son únicamente siete apartamentos por piso y nadie se entromete en los asuntos del vecino. Cuando Mayté llegó aquí trató de hacer amistad, pero la difunta la evadía; le incomodaba su presencia.

Déjeme decirle una cosa: aunque a usted Gloria le parezca extraña, tengo muchos clientes como ella. Desde el primer día se convierten en adictos; cuando les leo la vela o las cartas, quieren saber en todo momento qué les depara el futuro. No hacen nada sin antes consultar el tarot. Sé de lo que hablo. Las personas como Gloria, por más luchadoras, sufren una vida de frustraciones y siempre están depresivas; ningún logro será suficiente para probarles al mundo lo que son. Trabajar en aquel antro de perdición la llevó a ser exageradamente celosa de su vida y sus secretos. Detrás de aquella apariencia de glamur y belleza se escondía una gran tristeza; nunca llegó a estar conforme con lo que logró. Por más que se miraba en el espejo, no se sentía realizada. Mire que lo intentó, pero la pobrecita nunca pudo borrar los primeros veintiséis años de su vida, y aún a los cuarenta y dos revoloteaba en su cabeza la imagen de una persona que ya no existía.

Bendito, tanto que yo odiaba a Gloria al principio cuando se mudó al edificio, por los celos con mi marido, y al final me convertí en su psicóloga y única amiga. Usted no sabe todas las humillaciones y vergüenzas que pasó para llegar a ser quien fue. Bueno... no quiero llorar más, su muerte me ha dolido en lo más profundo de mi alma. Me hace mucha falta; después de que se fue mi maridito, era con ella con quien más hablaba. Dejemos el tema de Gloria; es su responsabilidad aclarar el asesinato.

¡Ohhhhh! Mire cómo se me pone la piel. ¡Ella está aquí, Olmes, está a mi lado y nos escucha! Mi amor, no te preocupes, estoy trabajando en eso. Tranquila, pronto cruzarás la luz. Observa, querida, ya hice tu altar con flores y una vela blanca para que te ilumine el camino. Recuerda, cuando te vayas dale pon al otro espíritu que no me deja en paz. Hazme ese favorcito.

Olmes, déjeme decirle... Desde hace como tres días Gloria se me está apareciendo. ¡No, hombre, cómo va a ser un fantasma! Yo tampoco la puedo ver. Es su espíritu que me gime al oído. La pobrecita, a pesar de estar muerta no termina de sufrir. Si se hubiera congelado su cadáver cuando estaba calientita, tal vez en el futuro la podríamos revivir. ¡¿Disparates?! ¿Usted no ha escuchado de famosos que han pagado mucho dinero para que los congelen? Los despertarán cuando encuentren la cura de su enfermedad. Bueno, está bien. Respeto su opinión si no cree en eso, pero yo sí.

¿Quiere saber por qué Gloria no ha cruzado el umbral al otro plano? Porque hay que romper el hechizo que preparé para amarrarla a Domenico. ¿Se acuerda que le conté que ella me pidió un trabajito porque él no le hacía caso? Ahora hay que romperlo para que ella pueda salir de este mundo. No crea que soy indiscreta. Si mi clienta viviera, aunque usted me amenazara con matarme no me sacaría una palabra. Lo que quiero es que se aclare quién mató a Gloria y que pague el malnacido que lo hizo.

Hablando del trabajito, ya cumplí con mi parte: le di una receta al mafioso ese para terminar de romper el amarre. Perdone que me exprese así de él, pero ya usted sabe: Domenico no es santo de mi devoción. El otro día fui al proyecto donde encontraron el cadáver de Gloria. No entré porque en eso él llegaba. Le conté a ese señor un sueño malísimo que tuve con él. Le entregué la receta y le dije que tenía que hacerse un ritual de protección. Puso una cara de estúpido incrédulo; por poco se echa a reír en mi cara cuando le di el papel con los ingredientes y las instrucciones. Insistí en que tenía que hacer el rito con fe para que los buenos espíritus lo protegieran. Domenico no tenía la menor idea de que también era para desbaratar el amarre con Gloria. Bueno, lo cierto es que la receta tenía doble fin. Por un lado, lo resguarda y libera de la difunta, rompe lo malo y deshace cualquier brujería que haya en su contra. Déjeme decirle algo, Olmes, voy a tener que pasarle una facturita; usted está aprendiendo muchas cositas conmigo.

No lo estoy evadiendo. No me entiende, se atreve a decirme que llevo todo este rato habla que te habla y no acabo de contestar sus preguntas. ¡Claro, caray!, con todo este revolú me olvidé de hablarle de Mayté. A veces tengo la mente de vacaciones. ¿Qué quiere que le cuente de ella? ¿Su relación con Gloria o prefiere que comience desde el día en que se mudó al edificio? A ver si recuerdo algo que haya ocurrido ese día. Por ahora no me viene a la memoria ninguna noticia que me haya impactado. Será por eso que se me olvidó hablarle de ella. Ah... sí, ya me acordé: ese día en el canal cuatro recordaban el descomunal derrumbe de las casas del barrio Mameyes de Ponce, por culpa de unos espantosos aguaceros. Precisamente, Mayté se mudó en octubre, al año de ese horrible desastre. Fíjese que cuando relaciono una cosa con otra me acuerdo de todo.

Bueno, está bien, ya dijo que no le interesan esos detalles, pues le diré por encimita. Esa nena trajo dos o tres trapitos, como uno dice; apenas tenía muebles, y le conté solo nueve cajas de la mudanza. Era poco, pero bueno. Enseguida fui a decirle que no podía dejar tantas cajas vacías en el cuarto de la basura del edificio. Le expliqué cómo tenía que romperlas antes de echarlas por el contenedor.

Mire, señor, cuando me metí en ese apartamento sentí un escalofrío de muerte. De inmediato lo supe. Esa niña estaba arropada por una aura negra. Le recomendé un baño con hojas de laurel, mejorana, yerbabuena y agua bendita para destruir los espíritus maléficos, granos de café para alejar los malos pensamientos y naranja cortada en rodajas para estar en paz y vencer las dificultades. Ella lo agradeció, pero dijo que ya no creía ni en el sol de la mañana. ¡Bien malcriadita la nena!, ¿verdad?

Figúrese usted, a mí no me gusta estar rodeada de gente con energías negativas. Después que esa muchacha cumplió las tres semanas, se me ocurrió visitarla de nuevo y llevarme algo suyo para averiguar en el plano espiritual quién era esa mujercita. Mi excusa fue agradarla con un pedazo de bizcocho de calabaza y chocolate que preparé para la víspera de Halloween y cuando estuve a punto de irme le pedí entrar al baño. Me sorprendió ver cinco cepillos de dientes. Imagínese, con una sola boca, ¿para qué quiere los demás? Tomé uno y me lo eché en el bolsillo de la bata. Cuando llegué, preparé mi altar con las velas, prendí incienso y puse la fuente de agua delante de mí. Barajé y corté las cartas en tres y las acomodé en tres líneas. En la primera fila vi cómo se encontraba ella: hecha un desastre. No crea que porque usted es detective le voy a confesar lo que dijeron las otras cartas. ¡No, no!, no puedo revelar esas cosas porque trae mala suerte. Las barajas del centro mostraron lo que le quitaba el sueño. A la pobre no le salió ninguna baraja de estrella, esas sí son las de la buena suerte. Vi alrededor de ella muchas lágrimas, resentimientos, odio y coraje. Le dije a Sandro: «Ahora sí que estamos completos». Inspector, imagínese la estampa de este piso en aquel momento. ¿Puede creer que de siete apartamentos, en cuatro vivimos mujeres sufridas? Doña Reina es viuda, Gloria frustrada y deprimida, Mayté, la pobrecita que ha sufrido la salsa y el guayacán y, para colmo de males, actualmente yo también estoy sola. Doy gracias a Dios de tener a mi Sandro de compañía.

Cuando le conté a Gloria de la nueva vecina, me dijo que ya la había visto un par de veces y no le daba buena vibra. Prefería mantenerla a distancia. Me dio un poco de pena porque la infeliz muchacha arrastra tantas energías negativas, que es como un tuberculoso a quien todo el mundo le saca el cuerpo. Un día, Gloria llegó aquí llorosa después de discutir con el Desarrollador, pidiéndome que le echara las cartas. Lo que vi no fue nada bueno, le dije que tenía que cuidarse. Ella confesó que sabía a quién me refería. Le recomendé hacerle un despojo espiritual para alejar cualquier espíritu maligno. Le pedí una serie de cosas y ella las trajo dentro de un sobre.

Fuimos a su habitación con mi san Alejo, el mismo que usted se llevó el otro día y no me ha devuelto, no se crea que he olvidado a mi santo. No sabía lo que había en el sobre. Como le dije, ella lo trajo para ponerlo dentro del cuadro. Además, en el espaldar de su cama y en la mesita de noche aparecieron mis huellas porque le hice una limpieza espiritual por las cuatro esquinas del cuarto.

No lo sé, Olmes. Desconozco cómo apareció una foto de Mayté en el sobre. Tal vez el hombre que está en la foto es un cliente del Together que salió con Mayté y él se la entregó a Gloria. En las cartas veía problemas entre Gloria y una mujer. Por eso, la difunta estaba esquiva y no se relacionaba con nadie; ni siquiera con Mayté que, siendo su vecina, la quería tener bien lejos. Sin embargo, yo por más que he intentado acercarme a Mayté no lo permite. Me tiene miedo, se lo noto en el rostro cada vez que la encuentro en el pasillo o en el ascensor. Usted la interrogó, ¿verdad? De seguro le habrá contado que unas semanas antes de que asesinaran a Gloria vino Renato, su exnovio, a tratar de golpearla. Apagué las luces, así no podían verme. Estuve a punto de llamar a la policía, pero esperé con el teléfono en la mano para ver cómo terminaba todo el lío. Corrí un poco la cortina de la puerta y me asomé. Doña Reina ni se enteró; esa cuando se acuesta a dormir cae como piedra hasta el otro día. Cuando Renato iba a derribar la puerta para atacar a Mayté, salió Gloria. Ahora sí, vamos a tener dos cadáveres, pensé. ¿Que qué le dijo Gloria a Renato? No alcancé a oírlo. En eso Mayté salió, y avancé a buscar mis binoculares para ver si podía leerle los labios.

No sé cómo lo hicieron, pero lo sacaron de aquí. Estuve pendiente, por si regresaba. El que llegó después fue Domenico a visitar a Gloria, pero no duró mucho tiempo. Como a las doce de la medianoche comprobé que ya no se veían luces prendidas por debajo de las puertas, todas dormían. Se me ocurrió salir por el pasillo con un sahumerio encendido para ahuyentar a los espíritus malignos y destruir las malas vibraciones que soltamos los vivos. Al detenerme frente a la puerta de Mayté sentí este único escalofrío recorrerme de la cabeza a los pies. Perdone que le diga esto, se supone que no revele estas cosas, pero se las menciono porque usted no se cansa de hacerme preguntas. Mi declaración la tiene que considerar como si fuera un secreto de confesión.

Al otro día después del incidente vi cuando Mayté le entregó a Gloria una botella con un lazo; le colgaba una tarjetita. Pensé que los temores entre Gloria y Mayté eran agua pasada luego de la pelea, y por supuesto gracias al incienso que esparcí para limpiar los alrededores. Aun así, le recordé a Gloria que le prendiera una vela blanca a san Alejo y que se cuidara de Renato.

Ahora que lo menciono, volvamos a Renato; ahorita le doy más detalles del santo y mis huellas en la cama de Gloria. La noche que ese muchacho vino a guapearse aquí, me di cuenta de que el muy manso que venía a trabajar en este apartamento, era capaz de convertirse en un hombre violento, abusador y peligroso. En este condominio nunca se había visto un escándalo igual. Da pena decirlo, pero

Mayté tiene la culpa por pegarse a un tipo como él que no vale ni una tusa; por eso Gloria se lo zapateó de encima. ¿Ya le había dicho que entre Gloria y Renato hubo algo? Ella me dijo que fueron amantes de unas horas, pero no le creí. ¿Usted quiere saber por qué esos dos no terminaron su relación? Después del escándalo de aquella noche, cuando Gloria le quería romper la cabeza con un bate, a los pocos días vino Renato a recogerla en un BMW de su jefe. Se estacionó dos casas más adelante. ¿No le parece raro? Me da mala espina que su intención era que Mayté no los viera. Me encontraba al otro lado de la calle, venía de dar mi paseo por el vecindario con Sandro. Cuando reconocí el «carrito» del susodicho, me escondí detrás de un auto estacionado en la acera. Ninguno de los dos se dio cuenta de que los vi con estos ojitos que se comerá la tierra. Observé que Gloria estaba enojada con Renato porque cuando entró al auto estrelló la puerta. A mí no me gusta meterme en la vida de nadie, pero le tenía el ojo echado a ese misterioso triángulo amoroso. No se crea, Gloria ocultaba ciertas cositas.

Olmes, ¿usted no cree que Renato haya tomado venganza contra Gloria por haberse metido aquella noche en la pelea entre él y Mayté? Se lo digo porque son muchas las razones para que el colombiano la matara. Primero, estaba despechado, no sé si ya se lo había dicho, pero recuerde que Gloria lo dejó por el Desarrollador; segundo, el coraje que tenía contra Gloria porque le tronchó las intenciones que traía de matar a Mayté; y por último, tal vez la noche del crimen a quien quería eliminar era a Mayté y se confundió, ellas andaban juntas. Las cartas me decían que uno de los integrantes del trío terminaría mal. Le voy a decir la verdad, la noche del crimen yo casi no dormí esperando a que llegaran las vecinas. Me senté en esta butaca reclinable y, como puede apreciar, si tengo abierta la puerta del balcón, se ve perfectamente la calle. Cada vez que sentía un vehículo pasar, abría los ojos para ver si habían llegado, pues se suponía que vinieran en taxi. Eran como las dos y treinta de la madrugada cuando pasó un carro a exceso de velocidad. Me extrañó que a esa hora llevara tanta prisa, pero no había transcurrido un minuto cuando pasó otro y pensé que era una persecución. Del susto se me espantó el sueño y fui a la cocina a buscar un tecito para dormir porque me había cansado de esperar. Al regresar a la sala decidí dejarla en penumbras para que no me fueran a ver. Cuando me disponía a cerrar la puerta del balcón, vi a Renato pasar en su carro, con las luces apagadas, frente al edificio. Ahora, dígame usted, si estaba oscuro, ¿por qué pasó sin encender las luces? Ahora que lo pienso, para mí que estaba persiguiendo a Mayté para matarla también. Quizás ella se le escapó y fue a esconderse en el apartamento de la difunta porque él no la buscaría allí. ¿No le parece curioso? Inspector, por favor no le diga a nadie que he declarado en contra de Renato porque es capaz de liquidarme. Si se entera, usted será el culpable de mi muerte.

No, no es así. Déjeme aclararle el asunto; como dice el refrán: las cuentas claras y el chocolate espeso. Las cosas no son como usted cree. Llegué a la construcción porque, como le había dicho, Sandro se escapó esa noche. Bueno... no fui la primera en presentarme a la escena del crimen porque es obvio que el primero fue el asesino. En cuanto me levanté a hacer mis oraciones y eché de menos a Sandro, salí a buscarlo. Los maullidos me llevaron hasta el proyecto de Domenico. Cuando vi a esa muchacha ensangrentada comencé a gritar como una loca. No podía creer lo macabro de la escena. El pobrecito Sandro no quería despegarse de Gloria, la lamía y le caminaba por la barriga intentando despertarla.

El asesino fue un sádico; no dudo que la haya hecho sufrir. Seguramente la torturó hasta matarla. ¡Por eso insisto en que fue uno de ellos dos! ¿No le dice algo el hecho de que le metieran una botella por ahí? Me parece ver el momento; seguramente el muy canalla le dijo: «Si no la usas conmigo tampoco la usarás con otro». Después la empujó para que la varilla le rompiera el corazón, y nunca más volviera a latir por otro hombre.

No es que haya visto muchas películas, aunque sí he leído en *El Vocero* noticias de crímenes horrendos. Nunca imaginé que me tocaría vivir uno tan de cerca.

Con mis gritos, Domenico bajó de su oficina, haciéndose el sorprendido. Tan hipócrita… Todo eso fue un teatro. Por más que le rogué ni siquiera se dignó en llamar a la policía. Tuve que hacerlo yo mismita al llegar a casa. ¿Usted no se ha preguntado por qué él no le dio aviso a la policía? Claro... porque primero quería limpiar la escena del crimen. Pero todo le salió mal porque llegué antes de que les diera tiempo a esos mafiosos de borrarlo todo. La prueba está en que ella murió en los terrenos de su propiedad.

No, no se confunda, solo he dicho que esos bandidos tuvieron suficientes motivos para asesinar a Gloria, pero eso no significa que los esté acusando; solo insinúo que pueden ser sospechosos. No ponga palabras en mi boca. Solamente le he contado unos hechos que, si fuera usted, los investigaba. Quién sabe si entre los dos la mandaron al otro mundo.

Ah, ahora también me va a acusar a mí. No tenía nada en contra de ella, ya le dije que me convertí en su paño de lágrimas. ¿No me diga que usted también sospecha que el asesino fue Sandro? ¿Cómo se le ocurre pensar que Gloria, por estar borracha, se asustó al ver a mi minino, resbaló y cayó ensartada en una varilla? Usted está hablando incoherencias. He sido muy decente con usted y he declarado todo lo que sé, pero no le voy a permitir que venga a acusar o levantar un velo de dudas sobre alguien de esta casa. ¡No, y punto! Le exijo que retire lo dicho; ni se le ocurra pensar que Gloria murió por culpa de mi Sandro. Esa muchacha quería mucho a mi gatito, jamás se hubiera espantado al verlo. Tampoco, eso no es motivo para que ella resbalara y cayera sobre la varilla. En todo caso, de haber sido como usted lo explica, fue un accidente lamentable. Además, ¿me va usted a decir que también Sandro le metió la botella de vodka por la vagina? Olmes, por favor, no insulte mi inteligencia. Lo que quiere es buscar un asesino a como dé lugar.

¿No será que usted le ha cogido miedo al verdadero asesino? ¿Acaso pretende echarnos la culpa al pobrecito Sandro y a mí? ¿Será acaso que ese mafioso de Domenico lo ha intimidado? No quiero pensar que la mafia italiana lo está manipulando o comprando para que el crimen de mi vecina quede impune.

10

La boba de Mayté se creyó que yo sufría por su encierro. La verdad es que, a veces, sentí lástima por ella. Sin embargo, enseguida los remordimientos se desvanecieron como por arte de magia al pensar lo que lograría con el dinero. Tampoco me importó su encarcelamiento por mi culpa. El 8 de octubre del 1969 sentenciaron a Mayté a quince años de prisión. La visité por once meses hasta que mi abogado se presentó a la cárcel con la demanda de divorcio. Al principio la veía todas las semanas, después iba cada catorce o veintiún días. Mi excusa era por el trabajo de los *weekends,* porque el sueldo no me alcanzaba para pagar todos los gastos de la casa. Poco a poco espacié más las visitas para que, cuando dejara de hacerlo, no me extrañara. De esa manera, tendría un lapso a mi favor y ella se acostumbraría a mis ausencias. Le llevaba algunos antojos de comida y productos para el aseo personal ya que los de la prisión le provocaban una erupción y picor que no la dejaban dormir. En su lista de encargos siempre me pedía varios cepillos de dientes. A mí me parecía absurdo, si solamente necesitaba uno, pero resulta que esa obsesión fue a causa de que a una reclusa le robaron su cepillo y le exigió a Mayté que le prestara el suyo. Era una pelirroja grande, dos veces su tamaño, muy violenta, y por miedo a cualquier represalia, no se pudo negar. Desde ese día y hasta que aparecí con un cepillo nuevo, se limpiaba los dientes con el dedo lleno de pasta. Después, comenzó con la manía de que otra lo podía usar mientras ella se bañaba y por eso lo cambiaba constantemente. Al dejar de visitarla me escribió una carta que por poco no llega a mis manos, pues al día siguiente salía de viaje. No quise abrirla en ese momento. Pensé que me iba a notificar algo que me impediría realizar el proyecto añorado. La guardé en un maletín con la intención de leerla a mi regreso.

***

La joven de facturación de equipajes en el Aeropuerto International de Miami, por su modo de hablar aniñado y su vestimenta de bléiser y falda, me recordó a Mayté cuando la conocí aquella mañana, víspera de Reyes, en el Miami Bank & Trust. «Señor Salas, que tenga lindo viaje. Gracias por preferir a Pan Am para su vuelo a New York». Ese no era mi destino final, sino el puerto de conexión a Dinamarca, país a donde había enviado una cuantiosa suma en varias remesas a una pareja que conocía en Copenhague, quienes me hicieron los contactos para la gestión que realizaría allí. El dinero lo fui cambiando poco a poco por otros billetes para borrar la huella del robo y el resto lo llevé en efectivo. Mi estadía en la capital danesa, antes de llevar a cabo mi objetivo, me causaba mucha ansiedad. Sin embargo, el barrio de Nørrebro me daba otra sensación diferente. Me gustó el ambiente pintoresco de los edificios antiguos, los pequeños parques, los bares y las tiendas. Es un lugar de vanguardia. Si no hubiera sido por el compromiso que me ataba a Miami, me habría quedado a vivir allí, entre toda aquella gente alegre y liberal. Pero, luego de una semana turística y una infinidad de evaluaciones, me enfrenté a la realidad del viaje que no tendría vuelta atrás. Permanecí en el país nórdico un mes, y antes de irme quise tomarme una foto con la Sirenita. Cuando estuve junto a la famosa estatua de bronce, sentada sobre una gran piedra mirando el mar Báltico, me sentí como ella: con dos mitades.

***

—Gloria, me vas a perdonar, pero a mi edad se le van olvidando a uno las cosas. Mira, cuando te di el remedio de las ropas interiores de Domenico y la tuya, y las astillas de canela para hacer la cruz, se me olvidó entregarte lo más importante, la oración al «Ánima sola» que es muy efectiva para el amarre de un hombre, en especial si la mujer es celosa. Por lo que me has contado, sé que no lo quieres compartir con nadie, por eso la relación no está funcionando entre ustedes. Si no se hace uno de los pasos del ritual, todo se echa a perder. Ten y léemela en voz alta.

—Ánima triste y sola. Nadie te llama, yo te llamo. Nadie te quiere, yo te quiero. Supuesto que no puedes entrar en los cielos, estando en el infierno, montarás el caballo mejor; irás al Monte Olivo y del árbol cortarás tres ramas, y se las pasarás por las entrañas a Domenico Isabel Lucania de la Vega, para que no pueda en silla sentarse, ni en mesa comer, ni en cama dormir, y que no haya blanca, negra, china ni mulata que con él pueda estar, y que corra como perro rabioso detrás de mí. Amén, amén, amén.

—¡Perfecto! Esta oración la repetirás dos veces al día, a las doce de la medianoche y al mediodía. Además, vas a colocar una vela roja con un vaso de agua detrás de la puerta. Con estas instrucciones te aseguro que todo va a funcionar a las mil maravillas.

***

Una persona muy distinta fue la que regresó a Miami, con nuevos sueños y retos. Antes de viajar mudé todas mis pertenencias al apartamento de Jonathan. Volvimos a compartir una vivienda como lo hicimos antes de que Mayté apareciera en mi vida. Sin embargo, con mi llegada, me di cuenta de que mi amigo se molestaba por todo. Siempre estaba irritable, como si mi presencia le fastidiara. Me insultaba sin motivos. Decidí romper la amistad y mudarme. El día que hice las maletas, me dejó saber que no le gustaban los cambios. Francamente no entendí o, tal vez, no quise darle importancia a lo que me dijo. Aunque su comentario me hizo sentir muy mal, preferí no abundar en el asunto para evitar una discusión sin sentido. Me vi en la obligación de abandonar Miami cuanto antes. Jamás pensé que una amistad de ochos años se fuera a romper de la noche a la mañana. Además, el vínculo con Mayté se deshizo con el divorcio y, antes de viajar a Dinamarca, presenté la carta de renuncia en la raquítica empresa de contabilidad en la que trabajaba. Ya nada me ataba a esa ciudad. Puerto Rico era la nueva alternativa, como tantas veces lo había planificado con Mayté. En dos maletas cupo toda mi vida. Rompí el álbum de bodas, pero quise conservar una foto de *wallet* como recuerdo de mi pasado. Encontré la carta que Mayté me envió desde la prisión, temí abrirla. No quise que por algún motivo, pretexto o circunstancia, el contenido de la carta me impidiera realizar el viaje hasta aquí.

***

—Eh, Gloria, buenos días. Echa pa'ca, m'ija, que te estaba esperando. Dime cuál fue el revolú de anoche.

—Ay, Misiselin, es que a la vecina del lado se le apareció un pretendiente queriéndole tumbar la puerta.

—¡Ese es Renato! Él fue quien le consiguió el apartamento a Mayté, y eso que me la pintó más inocente que María la de Nazaret. Hasta intercedí por ella en la administración. Si no es por mí, no le dan el apartamento. Date cuenta de cómo ese bandido causó ese alboroto tan cafre. Estaba a punto de acostarme.

—Yo me preparaba para recibir a Domenico cuando escuché la gritería.

—¿Tú te imaginas al ricachón llegando en pleno dimes y diretes?

—Por eso mismo salí para acabar con la trifulca. Domenico me visitaba por primera vez y no quería que pensara que esto era un edificio de mala muerte.

—A mí me extrañó que salieras en defensa de la vecinita que no soportas.

—Más coraje me dio al ver que Renato era el culpable del escándalo. Jamás pensé que entre ellos había una relación sentimental.

—¿No me digas que tienes celos de esa mujercita?

—¡Qué va! Le tengo mucho cariño a Renato porque es buena persona y un hombre cumplidor. Lo conocí en el

Together, aunque nuestro trato allí era casi nulo. Cuando comenzó a trabajar con Domenico, entonces nuestra relación fue más estrecha.

—Por haberse ido con ese señor fue que dejó de hacerme algunos trabajitos aquí. Cuando estaba en la discoteca siempre hacía su par de chivitos, pero el dichoso italiano lo acaparó completito. Lo que no entiendo es por qué ustedes se trataron como dos extraños si se conocían.

—Mire, Misiselin, si demostraba que conocía a Renato, posiblemente la dichosa vecina se acercaría a él para averiguar de mi vida. Como el colombiano me ignoró, comprendí que no quería que se supiera de nuestra relación y se me ocurrió montar una pequeña actuación.

—Ay, mi'jita, esto me huele mejor que el café que estoy colando. Así que ponte cómoda y empiezas a decirme sin rodeos lo que hay entre tú y Renato, mientras te bebes un cafecito con leche.

***

Al momento de llegar a Puerto Rico tenía la intención de ir a visitar a mi abuelo a Rincón, pero desistí de la idea porque sabía que su modo de pensar era totalmente opuesto al mío. Sí, soy de mente abierta. En los pueblos la gente es más conservadora, está encajonada a unas ridículas tradiciones sociales y religiosas. No se enteran de que los tiempos cambian, vivimos en pleno siglo veinte. Por esa razón, pospuse el viaje para otro momento; a mis veintiséis años no quería ni sermones ni opiniones. Cuando deshice el equipaje encontré la carta de Mayté. Abrirla o no abrirla me daba igual, ya no me importaba leerla ni mucho menos contestarla. Cogí el sobre y la foto y los guardé en la gaveta de una de las mesas de noche. A los pocos días de arribar a la isla, conseguí trabajo en el Departamento de Finanzas de una firma de abogados.

***

—Entre Renato y yo no hay nada, Misiselin. Aunque estoy segura de que a él se le salen las babas por mí desde que me conoció en el Together.

—Gloria, no me estás mirando a los ojos. Soy una zorra vieja. Renato es bien parecido y tiene unas nalgas que dan ganas de mordérselas.

—¡Usted es terrible! Ya me la imagino en su juventud.

—Muchacha, me gustaban los hombres más que la comida. Es por eso que de vez en cuando tengo mis pequeñas fantasías.

—La primera vez que vi a Renato, en la discoteca, con el pelo largo, sentado con un amigo, pensé que era gay.

—Ese es más macho que los mexicanos.

—Lo sé, no me cabe la menor duda. Da la coincidencia de que a Domenico, el hombre millonario que siempre estuve esperando, y a Renato, guapísimo y varonil, pero no tiene dónde caerse muerto, me los presentaron la misma noche. Si el Desarrollador no hubiera aparecido en mi vida, quizás me habría empatado con el colombiano porque hay que aceptar que está buenísimo.

***

Lo mío es el baile y la música. A muy temprana edad aprendí a tocar el xilófono; no me pregunte el porqué, pues en mi familia no hay tradición de músicos. La verdad es que cada nota musical me estremece todo el cuerpo. Aquí comencé a conocer personas que me invitaban a salir los fines de semana, así llegué al Together. Me presentaron a Aureliano, quien empezó a cortejarme inmediatamente. Por supuesto, se convirtió en mi primera conquista en la isla. Recuerdo que los ojos le brillaban por el deseo de poseerme desde que toqué el xilófono y bailé desnuda en mi apartamento. Al final lo logró, pero cuando desapareció el furor, me propuso que trabajara para él. Me ofreció comprarme un xilófono especial para que me convirtiera en la atracción de la noche de su discoteca. Ese era uno de mis sueños, ser una vedete.

***

—Al ver a Mayté, por primera vez, abriendo la puerta de su apartamento, pensé que se me había aparecido el diablo. ¡No puede ser! Imaginé que alucinaba y pasé por el lado volteando la cara para no verla de nuevo. A pesar de que había aumentado de peso considerablemente, y que por el paso de los años le había cambiado un poco su fisonomía, esa sonrisa era imborrable. La confirmación me llegó cuando dijo: «Buenas noches, vecina». No contesté el saludo.

»Para mí las coincidencias son cosas de novelas, pero encontrarme en el mismo edificio donde vivo con la persona que menos quiero ver en mi vida, me impactó. Tuve el deseo de huir, pero me siento muy a gusto en mi apartamento.

Misiselin, fue en ese momento que se me ocurrió visitarla. Había escuchado en el elevador que usted es espiritista y, además, lee las cartas. También la he visto rociando los pasillos con agua perfumada y prendiendo incienso que se propaga por todos lados y hasta se mete a mi sala. Por eso me atreví a tocar a su puerta porque necesitaba ayuda para amarrar a Domenico y que al mismo tiempo me sacara de aquí. Tampoco quiero volver a ver a Mayté, por eso tengo prisa en encontrar un remedio para alejarla de mi camino. Por más vueltas que doy para evadirla, me tropiezo con esa maldita mujer en cualquier esquina.

»Aunque le confieso que lo pensé mucho antes de solicitar sus servicios, pues sabía que yo no era santo de su devoción porque su marido se pasaba tirándome el ojo, pero yo lo veía como a mi abuelo; se parecían un montón.

—Mira, Gloria, ya eso es agua pasada y no tiene importancia. Tú a quien necesitas ahora es a san Alejo para poner distancia entre las dos. Te voy a prestar el cuadro del santo, pero tienes que devolvérmelo tan pronto el bienaventurado cumpla con su tarea. Es un recuerdo de familia.

—Misiselin, se lo voy a agradecer porque desde que saqué a esa fulana del aprieto con Renato, se ha empecinado en tener amistad conmigo y visitarme. Se siente tan agradecida que hasta una botella de vodka me llevó, con una tarjeta y todo.

—Atiende bien lo que te voy a decir. Como necesitas algo escrito por ella, debes conseguirme esa notita.

—Creo que todavía no la he botado.

—Pues, si la consigues vas a pegarla aquí detrás. Mejor no, porque cuando me lo devuelvas y arranquemos el papel se va a deteriorar la cubierta. Mejor lo metes dentro del marco. Tú ves estas alitas de metal, las giras hacia fuera para que liberen el cartón.

—Yo sé cómo funcionan estos portarretratos, todos tienen el mismo sistema.

—Entonces déjame seguir explicándote el asunto y no me interrumpas. Escúchame bien: vas a colocar dentro del cuadro la tarjetita y lo cierras con mucho cuidadito. Así ni se verá. Mira, pensándolo mejor, prefiero hacerlo yo. Ve y tráeme el dichoso agradecimiento. Verás cómo san Alejo las distanciará una de la otra. Él nunca falla. En un pestañeo no la volverás a ver aquí, ni allí, ni en el más allá. Eso te lo garantizo, como que me llamo Elena Saldaña de Ventura, alias Misiselin.

***

El otro día cuando salí de aquí, fui enseguida a la cocina a buscar la tarjeta; no la encontré en ninguna de las gavetas. Pensé que la había botado a la basura de forma automática. Entonces se me ocurrió que quizás la había guardado en una de las mesas de noche. Rebusqué entre potes de somníferos, cremas para la cara, aceite para los ojos y un sinnúmero de papeles y facturas viejas que comencé a romper. Una guarda tantos disparates. De todos modos, en el fondo de una de las gavetas encontré lo que buscaba.

En este sobre está lo que pidió. Acompáñeme con todo y santo a mi apartamento para que me diga dónde quiere colocarlo; de una vez aprovecho para que bendiga mi dormitorio y todos sus rincones. Le prometo que leeré la oración por cinco días:

Glorioso san Alejo, tú que tienes el poder de alejar todo lo malo que rodea a los escogidos del Señor, te pido que alejes a Mayté de mi vida. Amén.

¡Ah, sí!, aquí me mandan a rezar tres padrenuestros, avemarías y glorias.

***

—Gloria, pero cuéntame, ¿qué te pasa? ¿Por qué traes puestas las gafas de sol a estas horas? y ¿por qué cojeas?

—Ay, Misiselin, Domenico me pegó y me botó del Dupont como si fuera una porquería. Pero, ese tipejo me las va a pagar, se lo juro. Mire cómo me dejó el ojo.

—¡No, m'ija, ese hombre es una fiera! Tienes un moretón bien feo. Recuéstate en el sofá que te voy a poner una bolsita de hielo. De una vez, aprovecho y te santiguo el tobillo con un ungüento milagroso.

—¡Coño, me duele! Déjeme a mí ponerme el hielo.

—Colócatelo un poco más arriba. Ahí, ahí mismo, el ojo está bien rojo. Tienes que relajarte, para que acostadita me digas todo lo que ocurrió, el porqué de esto y cuándo te golpeó.

—Hace un rato. Ese tipo es un demonio.

***

No sé cuándo tendrá efecto el conjuro a san Alejo, pero lo cierto es que cada vez me molesta más la presencia de Mayté. Ya usted me ha comentado que todo se paga en la tierra, y es muy cierto, pues con la cercanía de la susodicha vecina parece que estoy en el infierno. No soporto encontrármela en ningún sitio y, para rematar mi desgracia, cuando me miro al espejo y veo que todavía me quedan rastros del maltrato de Domenico me dan ganas de estrangularlo.

¿Sabe lo que me dijo Mayté esta mañana? «Glori, feliz Día de Acción de Gracias. Si gustas puedes pasar por mi apartamento esta noche a cenar, estoy horneando un pavo». Mi negativa fue tan rotunda que tuve que bajar la guardia, solo pude decirle que ya tenía otra invitación. Pero maldigo la hora en que acepté la propuesta para otra ocasión. Me comentó que a ella no le gustaba dejar compromisos en el aire. Me pidió que aguardara un momento, entró a su vivienda y salió con una agenda en la mano para anotar el día en que nos reuniríamos. Acordamos que la cita sería para el próximo jueves, 4 de diciembre. Claro, yo escogí el sitio a visitar, por eso sugerí el *pub* que inauguraron en Condado; ya había estado allí, varias veces, con Domenico. Era mejor plantar cara con esa dichosa mujer para que me conociera de una vez por todas. Quién sabe si me da por contarle mi vida como si fuéramos íntimas amigas, pero eso está por verse.

Pensándolo bien, acepté la invitación por despecho. Quiero sacarme el veneno que me inyectó Domenico. Tampoco me importa lo que Mayté piensa o espera de mí. Si sufre, mucho mejor, yo también estoy en las mismas. Por mí, que se la lleve el diablo por insistir tanto en hacer amistad conmigo. La maldita será quien cargue con mis pesares y tal vez me libere de muchos resentimientos acumulados por tantos años. Es posible que a partir del 4 de diciembre comience una vida nueva para mí.

No, no sé cuándo regrese al Together. Después que Domenico me marcó la cara, no me ha quedado más remedio que descansar hasta que el moretón desaparezca. Francamente, necesito recuperarme y liberarme de tantos bretes. El maquillaje me tapa lo poco que me queda, pero, ¿le digo algo? Tal vez no vuelva a la discoteca. Mi vida en todos estos años ha sido una farsa adornada con aplausos efímeros, sutileza en las adulaciones, envidias sin tapujos. En los ojos de muchas arpías hipócritas, que andan sueltas por ahí, se les nota que quieren suplantarme. Desean tener mi piel, mi pelo, mis piernas, es como si desearan estar dentro de mi cuerpo, pero no lo logran. Totalmente cierto eso de que el éxito de una es la ofensa personal para el otro. Con falsas sonrisas te buscan por interés porque creen que estando cerca de la «gloria» pueden convertirse en ángeles. Pero, una vez les das la espalda, se convierten en demonios.

Esto no es vida, Misiselin. En todo momento hay que estar en guardia; es difícil saber en quién confiar. Reconozco que a este nivel no creo en nadie. Te dicen: «Te quiero tanto», pero ese amor tiene un precio muy alto. Las personas astutas prefieren sacarle ventaja a la relación, pero no se entregan nunca. Siempre hay un interés de por medio. Y se lo digo por mí, que soy la primera interesada y a todo le busco el lado ventajoso. Domenico actúa de la misma manera. Aureliano es igual; me dio unos días de descanso y no ha vuelto a preguntar por mí, porque quien está en la rueda de abajo es un cero a la izquierda. El propio Renato, tanto interés que tenía, y no tuvo el valor para enfrentarse a Domenico, aunque se quedara en la calle. Ese crápula tampoco me ha buscado, como ahora no estoy bajo la sombra del árbol que da dinero, poder y fama, pues su mensaje ha sido muy simple: busca cómo resolver tu vida.

Voy a decirle más… Cuando llegué a Puerto Rico se me presentaron dos alternativas: vivir de una manera desordenada con un hombre diferente todos los días o dedicarme a lo que me gustaba: la música y el baile. Deseaba encontrar una pareja, rica por supuesto, que me diera todos los caprichos y lujos que yo no podía mantener. Opté por la segunda, porque a pesar de que la relación con Aureliano no funcionó, preferí trabajar en el Together. No podía quemarme en la discoteca saliendo con uno hoy y otro mañana. Si quería algo bueno, tenía que cruzar las piernas; hacerme la difícil, aunque me estuviera muriendo de deseos por dentro. Fue así como me convertí en un personaje misterioso e impenetrable. Y al darme cuenta de que esto también le gusta a la gente, monté mi número bajo ese esquema y me funcionó estupendamente.

Aquella noche, cuando Domenico llegó al Together, supe que era el hombre que estaba esperando. Sus mejillas sonrosadas delataban que había pasado un día bajo el sol. No le temblaron las manos para ponerme un billete de cien dentro del *bustier*. Esa noche me moví como nunca, mostrando mucho erotismo en el baile; como lo hice al bailar desnuda para Aureliano. La sensualidad que emitía tenía el único objetivo de seducir al hombre sentado a la mesa que estaba frente a mí. Terminé el espectáculo colocándome sobre el xilófono con las piernas abiertas y extendidas hacia arriba, con el cuerpo tumbado hacia atrás sujetada por las manos de un bailarín. El tiempo de descruzar las piernas había llegado. Y como siempre, al terminar el *show,* después de los aplausos, me iría al camerino a secarme el sudor. A veces aprovechaba y me cambiaba de ropa antes de marcharme para mi casa, pero esa noche fue diferente: Aureliano se interpuso en mi camino y me pidió que acompañara a su invitado un momento. Por unos segundos me hice la difícil y acepté advirtiéndole que estaría poco tiempo. Cuando estaba sentada al lado de Domenico, intentó acariciarme la rodilla. Con mucha sutileza se la quité, pero por dentro me dije: «Este cayó en mis garras».

143

***

—Misiselin, deme un poco de agua de azahar. Estoy muy nerviosa. Esta noche es la cita con Mayté y francamente no sé ni lo que voy a decir ni hacer.

—Tranquilízate, m'ija, que las cosas llegan y pasan rápido. Mañana será otro día y te habrás liberado del compromiso. Invéntate un cuento chino, dile que eres una esquizofrénica medicada, y que por cualquier motivo eres capaz de hacerle pasar una vergüenza a cualquiera. Aprovechas la ocasión y le indicas que no te gusta tener amigas, o algo así. Oye, Gloria, ¿esa muchacha no se habrá enamorado de ti?

—¡Qué sé yo! Mayté lo que me tiene es harta. Anda con un conteo regresivo y cada vez que me ve en el pasillo me dice «faltan cinco», «faltan tres», haciéndose la simpática. Antier olvidó decirme que faltaban dos días por la emoción de que se compró un vestido nuevo para estar a mi nivel. ¡Ja!, dizque a mi nivel… Es tan insignificante que por más lindo que sea el traje la voy a opacar. Ya usted lo verá cuando saque su cabeza por detrás de las cortinas.

—Pero, muchacha, ¿qué dices? ¿Insinúas que soy una averiguá'?

—Misiselin, no se haga la inocente conmigo. El mismo Renato me contó que su marido decía por ahí que usted disfruta fisgonear a todo el que va y viene por el pasillo.

—Gloria, esas son habladurías del viejo. Por eso lo mandé pa' buen lugar.

—Y por fin, ¿a dónde lo mandó?

—A Nueva York.

—Pero a mí me dijeron que usted lo había ingresado en un asilo.

—Sí, sí, pero allá.

—Yo pensé que estaba aquí en la isla. Me alegro de que se haya dado cuenta de que su marido nunca me interesó para nada.

—Ay sí, mi'jita. Fue una pena no haberme enterado a tiempo, pero ya no hay vuelta atrás. Ahora, solo espero que llegue el día de mañana para que me lo cuentes todo.

-11-

No sé por qué le cuento esto. Debe ser la necesidad de hablar con alguien que no me juzgue. Hoy en día todo el mundo tiene un consejo que dar, un regaño, una mirada de reproche. Y eso no es lo que estoy buscando precisamente. Solo quiero hablar y hablar, sacarme de adentro este remolino que me da vueltas y me ahoga. Y quién mejor que usted, que ahora no puede cuestionarme nada. Se debe sentir muy rara, como si fuera otra persona quien habitara su cuerpo.

Aquella noche, cuando encontré a nuestra vecina en el elevador, antes de irnos al *pub,* tenía el presentimiento de que algo malo pasaría. Estuve nerviosa desde la mañana, como desorientada. Pude haber cancelado la salida, pero tenía que hacerle muchas preguntas. Llevaba varios días pensando en ella. ¿Sería posible que fuera un familiar de mi exmarido? Se parecían físicamente, tenía algunos gestos suyos, un cierto aire en la mirada y hasta en la forma de caminar. Bueno, así lo percibía, aunque hubo momentos en los que me pregunté si estaría prejuiciada. Llegué al punto de ver a Gerardo en las caras de todos los extraños. La frustración de no encontrarlo para reclamarle por la canallada que me hizo me estaba volviendo loca.

Tan pronto vi a Glori de frente, me quedé pasmada. Se arregló como si fuera a trabajar al bar. El vestido era hermoso, el maquillaje de película y los zapatos… nunca había visto unos tacos como aquellos: altos, con un diseño de serpientes doradas incrustadas. Llevaba puestas varias pulseras, un collar con una cruz de diamantes y una sortija de la cual sobresalía una piedra roja que podía romperle la crisma al que se metiera con ella. Pero lo que más me llamó la atención fueron los aretes de oro blanco trenzado con un remate que sostenía una perla. Era imposible que Glori tuviera las mismas pantallas que mi exmarido me obsequió como regalo de bodas. No había dos pares iguales, al menos eso me dijo el maldito sinvergüenza cuando me explicó que las había diseñado y mandado a hacer exclusivamente para mí. Quiso que las luciera el día del casamiento. Tenía que preguntarle a Glori de dónde las había sacado, pero aún no era el momento. Decidí esperar a que llegáramos al lugar que ella eligiera y, luego de un par de tragos, le cuestionaría sobre los aretes.

Pensé que iríamos al bar donde Glori trabajaba, pero no fue así. Sugirió un *pub* nuevo que frecuentaba en Condado. Pedimos un taxi para llegar hasta el local porque ninguna de las dos se arriesgó a sacar el carro, por si acaso nos pasábamos de copas.

—Va a llover de nuevo —dije para empezar a buscar conversación cuando nos montamos en el taxi.

—Espero que ese aguacero se aguante hasta que lleguemos porque odio que se me moje el pelo.

A mí me daba lo mismo que lloviera o no. Nunca he sido vanidosa, debe ser porque no tengo nada lindo. Sin embargo, Glori poseía un pelo castaño precioso, largo hasta la mitad de la espalda y rizado en las puntas. ¿Se acuerda de lo bonito que se le veía? Me quedé mirándole los aretes con ganas de preguntarle por ellos, pero no me atreví. Se notaba incómoda. Abrió la cartera y sacó la polvera para quitarse el brillo de la frente y nariz. Me fijé en las manos con sus uñas largas pintadas de rojo. Después, posé los ojos sobre las mías, sin ningún esmalte y descuadradas por la mala costumbre de morderlas. Sentí vergüenza.

Llegamos al *pub* a las diez y media. Había fila, pero Glori me dijo que la siguiera. Nos acercamos a la entrada y el *bouncer* nos levantó el *velvet rope* para dejarnos pasar. ¡Qué privilegios tenía esa mujer! A mí jamás me hubieran tratado con tanta amabilidad en un sitio como ese. Estoy segura de que me mandarían al final de la cola sin molestarse. Envidiaba a Glori, sin embargo, a la misma vez quería conocerla para convencerme de que no tenía ningún parentesco con Gerardo. Pero, ¿y si sí? Después de la noche en que ella me defendió de mi ex, la consideré una persona solidaria con el prójimo y era algo en común entre nosotras. También, Glori emanaba una energía fuerte como la de las presidiarias que fueron mis compañeras. Y me había acostumbrado a estar rodeada de ese tipo de gente. La vida nos ha maltratado demasiado como para ser dulces y amorosas. Las circunstancias nos obligan a cubrirnos con una coraza imaginaria que es difícil de romper porque no nos da la gana de dejar que cualquiera entre a nuestro mundo a fastidiarnos. Después de lo que me hizo Renato, me di cuenta de que nunca más bajaría la guardia.

No dejaba de observar a la vecina. Esa noche estaba dispuesta a averiguar el gran misterio, a hacer las preguntas que entendiera necesarias. En la barra, Glori también tenía conocidos; el barman vino a saludarla cuando nos acercamos a pedir los tragos.

—Cariño, sírveme lo de siempre —le dijo al moreno que había trabajado en el Together.

—Y tu amiga, ¿qué toma? —preguntó él.

Glori se adelantó a contestarle antes de que yo eligiera la bebida. Le confieso que me quedé pasmada cuando dijo:

—Un vodka.

—¿Cómo sabes lo que bebo?

—Muy sencillo, el otro día me regalaste una botella de ese licor —dijo y luego se dirigió a su amigo—: Pensándolo mejor, tráeme a mí lo mismo, por favor.

Seguimos conversando sobre tonterías: que si el edificio necesitaba pintura, que si su novio y ella habían tenido una pelea, que si yo había vuelto a ver al hombre que me formó el escándalo en el condominio, y no sé cuántas sandeces más. Me contó de la relación de ustedes y de cómo se habían convertido en íntimas después de lo de Ventura. ¿De veras usted lo ingresó en un asilo? Pues los vecinos nunca han creído ese cuento del todo. Se pasaban comentando en el ascensor que la abandonó por necia y controladora; que se hartó y se fue. Le confieso que tampoco pensaban que la amistad entre las dos era genuina, ya que a usted le gustaba el chisme y a ella la brujería. Se utilizaban de parte y parte. Al parecer, ya se habían perdonado y olvidado de los celos que usted le tenía porque, déjeme decirle, no era culpa de Glori que Ventura le mirara las nalgas a cuanta mujer le pasaba por delante. Supongo que las de nuestra vecina parecían llamarle más la atención. Le aclaro algo: en los pocos días que lo traté, a mí nunca me puso los ojos encima ni por equivocación. No tengo ni nalgas seductoras ni senos protuberantes. Nada que sea interesante ni siquiera para provocar a un anciano como él.

Se escuchaba *You Give Love A Bad Name,* un *hit* del momento, pues se lo pregunté a Glori, quien se movía al ritmo de las notas del *rock*. De inmediato un joven rubio, que no parecía puertorriqueño, la sacó a bailar. Me quedé en la barra velando los tragos que ni siquiera habíamos probado, momento que aproveché para vaciar, con disimulo, mi vodka en el tiesto de un bonsái que estaba sobre el mostrador. Esa noche no quería perder la cordura, y sabía que el vodka tenía un efecto borra-cinta en mí. Me llamó la atención la letra de la canción. Era increíble escuchar lo que yo hubiera escrito: «Intentas mostrar una sonrisa de ángel. Me prometiste el cielo y me hiciste pasar un infierno… Pintas una sonrisa en tus labios. Uñas rojas en las puntas de tus dedos…». ¡Qué casualidad! Tenía la impresión de que Gerardo y Glori corrían en líneas paralelas, pero el destino volvió a burlarse de mí.

Cuando Glori terminó de bailar regresó a la barra y se tomó su trago como si fuera agua. Su amigo, el barman, le invitó al siguiente, y ella aceptó. A mí me ofreció traerme otro, y le dije que sí.

—Mira, mejor tráenos una botella porque a ella le gusta mucho el vodka. Ya mismo verás el efecto que le hace —comentó Glori, esto último entre dientes, quizás pensando que por la música no lo oiría.

Me quedé helada cuando escuché el comentario y sentí su mirada desafiante. Deduje que esa mujer conocía algo de mí, y hasta llegué a pensar que tenía o tuvo alguna relación con Gerardo. Quizá de ahí había sacado los aretes, mis aretes. Aproveché para preguntarle sobre ellos:

—Esas pantallas son hermosas, ¿dónde las compraste?

—¡Ah! ¿Te gustan?

—Son iguales a unas que me regalaron hace mucho tiempo. Eran un diseño único, se supone que no hay dos iguales.

—Las compré en una casa de empeño en Santurce, hace ya algunos años —dijo acomodándose el pelo detrás de la oreja para enseñármelas mejor—. Míralas bien. ¿Se parecen a las tuyas?

—No veo bien, está un poco oscuro aquí.

Le mentí para que no se asustara, pero no le creí lo de la compra. Esperaría a que estuviera borracha y le cuestionaría sobre el asunto con más insistencia. Era una casualidad muy grande que ella tuviera los aretes que me regaló mi exmarido. ¿Sería posible que Glori conociera a Gerardo?

En un momento determinado, en el que Glori se fue a bailar con otro hombre, volví a echar la bebida en la tierra del bonsái. Al imaginar que ya estaba ebrio, decidí que no compartiría el licor nuevamente con la planta. Sé que esos árboles diminutos cuestan mucho y no quería que por mi culpa se muriera. Saqué rápido de la cartera un frasco y lo vertí en mi vaso. Contenía el remedio para prevenir la borrachera: un huevo crudo con dos cucharadas de aceite de oliva. Lo había preparado antes de salir de la casa. Pasaron varias horas en las que Glori no dejó de beber ni de bailar. Yo consumía poco vodka; a pesar de haberme tragado la fórmula secreta no me quería exceder. Ella estaba muy borracha, y yo casi no entendía lo que decía. Entre el ruido de la música y su lengua trabada, no había quién sostuviera una conversación. Le pedí al barman que nos llamara un taxi. Casi tuve que arrastrar a Glori hasta afuera porque no quería irse, decía que Domenico podía aparecer por allí en cualquier momento y ella tenía asuntos pendientes que resolver con él. Salimos con la última botella de vodka que nos sirvieron porque aún quedaba bastante, y nos sentamos en un banco de la calle a esperar el taxi. Fue en ese momento que Glori resolvió hacerle una broma al chofer y siguió caminando por la avenida Ashford, decidida a dejar plantado al pobre hombre que contaba con nosotras para hacer algún dinero. Pude notar que ella no estaba en su sano juicio porque empezó a lloviznar y no le importó mojarse mientras cantaba y bailaba. Me pidió que le hiciera coro y preguntó riéndose que si recordaba una canción que decía «llueve y no para de llover».

Así llegamos a la Quince, mojadas. Glori borracha y yo en espera del momento preciso para obligarla a que me contara la verdad. Un carro se detuvo, el conductor bajó el cristal y le gritó: «Te llevo, pero tu amiga se queda». Ella lo miró de reojo, meneando las nalgas con un ritmo seductor. Le contestó que no. Pasábamos por la meca de la prostitución de San Juan, y por la facha de mi vecina la confundieron con una puta. Después de una larga caminata, por fin llegamos a Miramar. Me sentía un poco sofocada, sin embargo, estaba dispuesta a lo que fuera con tal de que ella me ayudara a descifrar el misterio, contándome de una vez y por todas si había conocido al malnacido de mi exmarido. En eso, Glori cambió de la avenida Ponce de León a la calle Cuevillas porque tomaríamos la Unión para llegar al edificio donde vivíamos. Desde el principio, su intención era pasar frente al proyecto que su exnovio construía en la zona, pero antes teníamos que doblar a la derecha en la McKinley y caminar una cuadra más para llegar a nuestra calle. A pesar de que el trayecto era largo para caminarlo con tacones altos, a mí no me importó. Necesitaba estar a la altura de esa mujer extravagante.

La sorpresa de Glori fue ver el Mercedes gris de Domenico estacionado frente a la obra. El portón peatonal de la verja permanecía entreabierto. Se volvió loca al ver la luz del interior del tráiler encendida y me pidió que entráramos. Quería hablar con él para pedirle que la perdonara. Prefería ser una perra faldera que estar de realenga. No logré que desistiera de la idea. Se moría por ese hombre, no sé si por su dinero o si de verdad lo amaba. Creo que ella se inclinaba más por lo primero, porque a Glori se le notaba que era una vulgar trepadora hasta en la forma de hablar. Mencionaba los carros, los negocios e inversiones, hasta los zapatos caros y los relojes de lujo que usaba su novio, como si él fuera solo cosas materiales. ¿No le parece?

Glori empujó la puerta de madera y entró al terreno. Me dijo que podíamos adentrarnos al área sin ningún peligro, pero al quedarme paralizada en la acera me ordenó, de mala manera, que la acompañara. Le comenté que se dejara de locuras, pero entre la borrachera y el mal de amores se transformó en una persona fuera de sí. Cuando me negué a seguirla me dijo:

—Tú sigues siendo tan pendeja como antes.

Entré hasta donde ella se encontraba, la halé por el brazo y le pregunté:

—¿Qué sabes tú de mí? Varias veces te he escuchado insinuando cosas como si me conocieras.

Admito que perdí el control cuando le exigí que me devolviera las pantallas porque eran mías. Ya estaba harta de todo aquel teatro, hasta que me armé de valor para preguntarle:

—¿Qué relación tienes tú con Gerardo Salas?

—¿Qué quieres saber de él?

—¿Dónde está? Necesito hablar con Gerardo. ¿Quién eres tú? ¿Su amante? ¿Su hermana? Sé que él es homosexual.

Me lo dijo su amigo Jonathan cuando lo llamé desde la cárcel, para preguntar por mi marido, porque llevaba casi un mes sin verlo. Por eso le escribí una carta que fue la única que el correo no me devolvió. Ahí le dije que donde lo encontrara me las pagaría.

—¿Y no te diste cuenta antes?

—No, para nada. Gerardo parecía ser todo un hombre, un caballero.

—Un caballero que te emborrachaba para no tener que acostarse contigo. A la verdad que pasan los años y sigues siendo tan idiota como siempre.

—¿De dónde me conoces?

—¡Estúpida! ¿No me conoces tú a mí? Lárgate, no me sobra tiempo para explicarte cómo funciona la cabrona vida. Tengo que ir a hablar con Domenico, pero me estoy orinando y no creo que pueda llegar al baño del tráiler. Voy hacerlo aquí —dijo señalando un montículo de arena.

Esa última conversación la tengo grabada en mi memoria, aunque le he jurado al agente Olmes que no me acuerdo de nada. ¿Usted nunca ha mentido? Bueno, sé que no puede contestarme, en los últimos tres días ni siquiera se ha movido de esa cama; aunque usted es una bruja que, si no fuera porque está inconsciente, andaría por ahí cogiendo de zánganos a sus clientes. En cambio, yo he tenido una vida muy dura y me tocaba hacer justicia. ¿Dónde terminó mi sufrimiento? En el proyecto de Domenico. Me quedé boquiabierta cuando supe que Glori estaba tirada sobre la arena y que parecía una estatua vandalizada. Yo también sé actuar.

El apartamento de Glori era como un camerino lleno de trajes y zapatos por donde quiera. Rebusqué por todos lados y no encontré nada de interés; quería asegurarme de que no hubiera algo en ese lugar que pudiera relacionarme con ella o Gerardo. Aunque no debí haberme preocupado porque él me borró de su vida desde que me abandonó en la cárcel de Miami. En el *counter* de la cocina vi la botella de vodka que le regalé. ¡Cuánto se debe haber reído de mí! Destapé el obsequio y empecé a tomar sorbos de mi bebida favorita… no recuerdo nada más. Ahí sí que perdí la memoria. Amanecí en el sofá hecha una porquería, fingiendo que estaba afectada por todo lo que pasó antes de emborracharme.

Le cuento esto porque tengo que desahogarme con alguien, y quién mejor que usted que siempre estuvo interesada por saber de mí. Se lo digo porque no puede ventilar a los cuatro vientos que no soy la que aparento. Pronto regreso a Miami. No se lo he dicho a nadie, solo presentaré mi renuncia indicando «razones personales». No quiero despedidas, sería terrible que Olmes se entere y me impida salir del país. Tengo derecho a disfrutar de una nueva vida. Pienso llegar hasta Texas y vivir allí por un tiempo, donde nadie me conozca. Ya he perdido la cuenta de las veces que he intentado rehacer mi destino. Espero que usted se pueda levantar lo antes posible de esa cama, que despierte de ese estado comatoso que la hace ver más muerta que viva. Por si acaso, le aclaro que no soy su vecina, sino la enfermera que le cuidó por estos tres días, la que le contó su vida, la que se va y no regresará jamás. En cuanto a Glori, todos sospechan de Domenico, incluso, el último anónimo que recibí lo acusaba directamente. A mí poco me importa él, Glori o cualquier otro difunto o demonio. Ella merecía lo que le pasó. A fin de cuentas, no encontré a quien vine a buscar en Puerto Rico.

-12-

Los latidos de mi corazón se fueron acelerando cuando comencé a bajar la pendiente de la calle que conduce a La Perla. Las gangas que Domenico había organizado con algunos residentes de allí entraron en disputa con los dueños de los puntos de droga, asunto que provocó un caos. Hubo tiroteos, muertes, robos de vehículos y asaltos a mano armada a los visitantes y residentes del Viejo San Juan. Por las aceras de la calle Norzagaray era imposible caminar exhibiendo una cadena de oro o un reloj porque de repente aparecía un malandro a despojar de todo a quien fuera. La barriada adquirió una fama pésima. Sin la autorización de los cabecillas ninguno podía entrar porque enseguida sospechaban que era un infiltrado de la policía.

No sé ni para qué le estoy dando estos detalles. Nadie como usted sabe muy bien la situación que se vive allí. Lo que sí le puedo decir es que Domenico me citó en el tráiler en la madrugada del 5 de diciembre, cuando murió Glori, para llevarle una carpeta que contenía el mapa de La Perla y un bosquejo del proyecto hotelero que construiría en ese sector. Pero no se crea que me lo quería mostrar por amistad o por la supuesta confianza que me tenía; sí, ¡cómo no! Solo pretendía darme un nuevo trabajo con unas encomiendas específicas, y un tiempo determinado y preciso para ejecutarlo. Con la muerte de Glori se complicaron las cosas y no me pudo contactar durante el día. A eso de las cuatro y treinta de la tarde llamó a la pensión y con mucha prepotencia me indicó que quería que le aclarara varios asuntos, pero se dirigía a una reunión. Lo escuché molesto. Y no era para menos; lo dejé esperando en el tráiler. Volvió a telefonear a las siete de la noche y me pidió que fuera a su casa con el expediente que saqué del hotel. Por esa razón, no tardé ni media hora en llegar de Barrio Obrero a Guaynabo. La sirvienta caminó junto a mí hasta la oficina. Unos minutos después, cuando Domenico entró a su despacho, me pidió que colocara la carpeta sobre el escritorio y me ofreció un martini seco que ya estaba servido en una copa. Nunca antes me invitó a beber con él, lo rechacé porque desconfié de su ofrecimiento. Insistió, indicándome que lo iba a necesitar de todos modos. Agarró el control remoto del televisor y lo encendió. Cuando vi la imagen proyectada en la pantalla, tomé de un sorbo la ginebra y me senté en el sofá a esperar la sentencia. En el video aparecíamos Glori y yo, desnudos, en la cama de una de las habitaciones más lujosas del Dupont.

Domenico comentó que usted le insinuó que yo mantenía una relación amorosa con su novia. Perdóneme, sumercé, pero ese comentario indiscreto provocó que el hombre revisara el videocasete. Yo sabía que en muchas ocasiones se tomaban fotos y se llevaban cámaras de video para grabar las orgías, pero desconocía que él tuviera cámaras ocultas en las habitaciones de los *castings*. Al choncho le gustaba espiar. Sí, excuse el vocabulario, pero es que me emputa que fuera un tipo tan degenerado. Se atrevió a decir que por despecho la maté. Recuerde que hace un rato le conté que cuando llegué a la construcción, Glori ya era un cadáver.

Esperaba los insultos al apagar el televisor; sin embargo, no lo hizo. Conversaba pausado. Ese tono de voz me fastidiaba mucho porque esperaba que explotara en cualquier momento. Cuando Domenico hablaba, acostumbraba a mezclar el español con el italiano; *figlio di puttana* era su frase preferida. Me sentía aturdido, angustiado, inquieto, aunque trataba de mantenerme sereno. En mis adentros, el miedo era el resultado de haber sido descubierto por el hombre que puso su confianza en mí. No me atrevía a sostenerle la mirada; estaba avergonzado. Preferí mantener la cabeza baja. Iba a plantearle mi renuncia, pero la conversación dio un giro imprevisto.

Mire, si Domenico me perdonó o pasó por alto el hecho, no fue por mi linda cara, simplemente me necesitaba para realizar una encomienda en La Perla. Era peligroso asignarle a cualquier persona un trabajo tan complejo y embarazoso. No piense que soy un creído, pero cuando me propongo algo siempre lo consigo sin cometer errores y eso el Desarrollador lo había comprobado. En la grabación, Domenico se dio cuenta de que Glori fue quien provocó el encuentro con sus coqueteos, miradas e insinuaciones. Apuesto cualquier cosa que él hubiera hecho lo mismo que yo: llevarse a Glori a la cama. Hablaba de ella con tanta frialdad, como si no le afectara el hecho de que estaba muerta.

A partir de ahí, el nombre de Glori no se volvió a mencionar en toda la noche. Me dio instrucciones de que, al otro día, o sea, el 6 de diciembre, tendría que mudarme a La Perla. Argumentó que en lo que se aclaraba el crimen, me convenía estar enclaustrado en la barriada. Ya no era necesario volver al Dupont, porque Chucho haría mi trabajo. Ah, sí, olvidé decirle quién es él. Fue el chofer de Domenico por muchos años; yo ni siquiera estaba aquí cuando el tal Chucho trabajaba con el patrón en aquel tiempo. Se mudó a Filadelfia y regresó hace unos meses. Es el tipejo más antipático que he conocido. Se lo podría definir como un alacrán amarillo que es uno de los bichos más venenosos de Colombia. Como notará, no me simpatiza para nada. Entre ese lambón y yo surgieron celos profesionales por la confianza que el patrón nos tenía. Él creía que usurpaba su lugar. Me tiraba indirectas e indagaba sobre todo lo que hacía para írselo a contar de inmediato a Domenico. Supuestamente esos dos siempre estaban conversando. No, solo conozco su apodo. Si alguna vez me dijeron su nombre, lo olvidé.

Sin consultarlo conmigo, mi mudanza ya estaba resuelta, dispuesta y coordinada por el patrón. Algo parecido hizo con Glori, cuando la incluyó en el programa artístico que le ofrecería a su invitado, el señor presidente, asunto que provocó la ruptura entre ellos. A mí no me dio tiempo a decidir, ni siquiera para emitir un sí o un no. Cuando Domenico decretaba una orden, no había más opción que aceptar; oponerse a sus mandatos sería acabar como la pobre Glori. Pensé que enviarme a La Perla era el presagio de que mis días estaban contados. Sin embargo, la ambición por el dinero fue la que me obligó a seguir hacia adelante, sin darle mucha importancia a las consecuencias. ¿Quiere saber cuánto me ofreció si le dejaba aquello como ruinas de terremoto? ¡Cincuenta mil dólares! Me dio en ese momento un anticipo de diez mil y el resto me lo iba a entregar ayer jueves. Yo comenzaría el año con mucha plata.

Tenía que llegar en taxi hasta la entrada de La Perla. Los choferes no se arriesgaban a bajar a la barriada. Simularía que había venido directo del aeropuerto y así lo hice, cargando la maleta por la calle Bajada Matadero para llamar la atención. Desde que pones un pie en esa cuesta hay ojos por todas partes observando cada movimiento que uno hace. Alguien se encarga de avisarle a otro y enseguida los vecinos se enteran de que un intruso camina en zona prohibida. Con el primer hombre que me topara le preguntaría si conocía a Nellie. ¿Quién no conoce a esa mujer en La Perla? Es la prostituta más codiciada y la única empleada del Desarrollador, enviada a la comunidad que estaba limpia de enfermedades contagiosas. Domenico se la presentó al Gago, uno de los líderes de su ganga, quien a los seis meses se la llevó a vivir con él. El tipo era muy celoso, y la obsesión por Nellie comenzó a interferir con su profesión y con los planes siniestros del mandamás italiano, porque ella tenía que ser mujer de cualquier hombre. Por eso, Domenico propició una guerra entre las pandillas para sacarlo tieso de la barriada. Fue así como la colombiana se quedó viviendo sola en la propiedad del Gago. Ahora llegaba yo, un supuesto primo de la puta, a pasar la época navideña con ella, quien se encargó de anunciar mi visita, desde el Fuerte San Cristóbal hasta El Morro. Algunas amigas ya me esperaban con ansias para ofrecerme un *tour* gratuito por los lugares recónditos de la vieja ciudad.

—Ah, ¿tú eres el famoso primo? —comentó el joven de unos dieciocho años que tenía una lata de cerveza en la mano cuando le pregunté si conocía a Nellie—. ¡Bienvenido a Puertorro! Soy Quique.

Me indicó cómo llegar hasta la casa, pero luego dijo que me acompañaría. Muy gentil, se ofreció a llevar la maleta. «No te resistas si quieren ayudarte a cargar la maleta», fue otra de las recomendaciones de Domenico. Si me oponía, podía levantar cualquier sospecha de que llevaba algún objeto de valor, arma o droga. «Ofréceles confianza, y ellos la depositarán en ti también».

Nos adentramos por un callejón que terminaba en una escalera. No había dos casas en esa vereda que estuvieran al mismo nivel del suelo. Eran diferentes una de las otras, incluso en los colores: predominaban los brillantes como el naranja, amarillo o verde *chatre*. A todo el que pasaba o se asomaba a la puerta o ventana, el joven le comentaba: «Este es el primo de Nellie». Un anciano se quitó una pava y colocándosela en el pecho me hizo una reverencia. Incliné la cabeza y sonreí para contestar su saludo. Subimos por una escalera de cemento irregular no solo en los peldaños, sino también en las contrahuellas, lo que me provocó fatiga. Le dije a Quique que yo podía cargar el equipaje. Se negó, pues estaba acostumbrado, desde pequeño, a subir y a bajar diariamente las escalinatas laberínticas de La Perla. Mientras caminábamos comentó que el recorrido que hacíamos era por una zona tranquila, pero que jamás, durante mi estadía allí, me acercara a la zona roja. «¿Dónde está?», pregunté intrigado. Levantó la mano, señaló en dirección hacia la costa y luego agregó: «Esta es la casa de tu prima. Macho, avísame si necesitas cualquier cosa que yo te la consigo enseguida. Casi siempre estoy por la entrada».

—¡Santiago, no seas tacaño y dale una propina! —gritó una voz femenina desde el interior de la casa que deduje sería la de Nellie.

Un detalle importante es que Domenico me había bautizado con otro nombre porque el de Renato iba a salir a relucir en los medios de comunicación por el crimen de Glori. En el baño del aeropuerto tuve que cortarme la cola y salir con gafas de sol que las alternaría con lentes sin aumentos para ocultar un poco el rostro.

¡Ala carachas, cómo estaba de bonita la parienta! Me recibió con la cabeza cubierta de rulos, un minúsculo pantalón corto que más bien parecía un panti hecho con tela de bluyín y una blusa tan pequeña que únicamente escondía sus tetas, aunque los pezones se le notaban por debajo de la tela. Con el tiempo me di cuenta de que los pantalones más largos que tenía solo le cubrían el trasero y sus blusas carecían de tirantes, mangas o cuello.

Salimos a dar una vuelta para que los residentes me conocieran. Era inexplicable cómo Nellie podía subir y bajar aquellas escaleras irregulares con tanta soltura, encaramada en unos zancos. La muy presumida, cuando se dio cuenta de que ya Quique me había presentado como su primo, decidió doblar por un callejón para lucirme ante otros vecinos. Después de un recorrido de casi una hora con la puta más bella y codiciada de La Perla, regresamos a la casa. Abrió la nevera para sacar dos botellas de cerveza y me entregó una, acompañada de una nota de Domenico que decía que fuera a la misa de la seis de la tarde en la capilla San Conrado. Un cura capuchino sería el celebrante. Por supuesto, ella no me acompañó. Una mujer pecadora, sin intención de arrepentirse, no era bien vista en la iglesia, en especial por las señoras devotas, a sabiendas de que sus maridos codiciaban el cuerpo de la lujuriosa.

Las instrucciones eran específicas: tenía que llegar alrededor de las cinco y treinta y sentarme en la primera fila para tener la oportunidad de colaborar en la celebración religiosa. En el caso de que me preguntaran si podía hacer algún servicio, no me negaría. El esfuerzo fue mínimo porque antes de perderme en el mundo del narcotráfico, fui acólito y proclamé la Palabra de Dios en Bogotá. El objetivo consistía en que todos los asistentes me vieran y regaran la voz de que el primo de Nellie era un fiel creyente. Esto me daba un pase entre las personas de buena fe que circulaban en la barriada y no tendría problemas para desplazarme con facilidad.

Antes de comenzar la misa, se hizo el rosario. Observé el fervor de una mujer, acompañada de unas muletas, que desplazaba los dedos por las cuentas mientras rezaba: «… ruega por nosotros los pecadores, ahora y en la hora de nuestra muerte». ¡Qué ajena estaba la señora de que la muerte de ellos se fijó para la noche del 31 de diciembre! Al decir «nuestra muerte», ella anunciaba la desgracia. El anciano de la pava, que me saludó a mi llegada, repetía el avemaría con los ojos cerrados y las manos puestas en el pecho, una sobre la otra. Un hombre obeso permanecía de rodillas con los brazos elevados, en el escalón que separaba el altar. Lo acompañaba una niña de unos cinco años que imitaba sus gestos: «Padre nuestro que estás en los cielos…». Al yo repetir las letanías, sentado en una silla de metal, continué descubriendo la gente humilde que estaba a mi lado y el techo a dos aguas sostenido por vigas de madera. La estatua de la Virgen de manto azul y vestido blanco, con los brazos extendidos y sostenida sobre una nube, me invitaba al arrepentimiento. «... No nos dejes caer en tentación y líbranos del mal». Sin embargo, no estaba dispuesto a renunciar a la encomienda por la cual estaba allí. «Como era en el principio, ahora y siempre, por los siglos de los siglos. Amén». Al finalizar la plegaria a la Virgen, el cura se acercó a darme la bienvenida. Ya le habían informado que proclamaría la primera lectura, por lo que propuso que lo acompañara a la procesión de entrada.

Si me pregunta qué leí, la verdad es que no recuerdo. Mi cuerpo estaba en el templo, pero en todo momento pensaba en lo mucho que tenía que trabajar en los días venideros para llevar a cabo el codiciado proyecto. Regresé a la casa acompañando al anciano de la pava a la suya, pues quedaba antes que la de Nellie. Mientras caminábamos comentó que en La Perla no debía fiarme ni de mi propia sombra porque hasta ella podía traicionarme. Eché a reír de la ocurrencia, pero se evaporó la carcajada al decirme: «Cuando el sol te pega por detrás, la sombra va al frente tuyo y llega a la esquina un poco antes que tú. ¿No sabes que la negrura de tu silueta le advierte al enemigo, que está al acecho, que ya te aproximas y logra atacarte?». Sentí vergüenza al burlarme del anciano porque encontré muy sabia su teoría. Lo dejé en su casa y continué subiendo algunos escalones. Cuando entré a la vivienda de Nellie, observé que se quitaba los rulos. Me tumbé en el sofá para descansar un rato de la actuación que había montado en el vecindario, pero la prima expresó que no era tiempo de reposar, que me diera una ducha de agua tibia porque esa noche iríamos a la Barra Pando. Tenía que descender a los infiernos y codearme con la gente que le gusta la juerga; era importante ver la otra cara de la moneda. No había

163

escapatoria: el trabajo me llamaba. Por lo menos albergaba la esperanza de que al otro día me levantaría tarde.

Llegamos a una barra con vistas al mar que no se veía por el espesor de la noche, sin embargo, dejaba sentir su presencia cuando las olas golpeaban la costa. Algunos hombres se acercaron a Nellie lanzándole piropos e insinuaciones. Yo tenía que despejar cualquier sospecha de que entre mi supuesta prima y yo pudiera existir alguna relación amorosa, así que era necesario que la mujer se dejara manosear, besar y acariciar, como siempre lo hacía cuando trabajaba. Yo me limitaría a conversar con el que estuviera a mi lado y consumir un par de birras. Tampoco era prudente invitar a una vieja a un trago y menos aún a que me hiciera compañía, porque podía estar fichada por algún hombre. Esa noche tenía que estar apartado de las féminas, a menos que Nellie se acercara y dijera: «Mi amiga quiere bailar contigo. Aprovecha e invítala a una cerveza». Pero esto último no ocurrió. Por ser sábado, mi prima «putativa» estaba muy solicitada. En varias ocasiones desaparecía por ratos largos. Alguien comentó que en la parte de atrás había unas habitaciones reservadas para aquellos que deseaban algo más que una caricia. Cuando vi que el reloj marcó las dos de la madrugada, me paré y, sin despedirme, comencé a caminar hacia la salida con la canción de fondo «Si tú eres mi hombre y yo tu mujer». El ambiente estaba cargado de deseos, besos y pasiones que se percibían en las parejas que bailaban al son del bolero de Ángela Carrasco; me recordó el Together. La cantidad de cigarrillos encendidos provocaba una neblina de humo que la penumbra lograba delatar a través de una esfera de cristal colgada en el techo, la cual irradiaba una luz roja que se proyectaba en el centro de la pista. Había llegado el tiempo ordenado por Domenico para que abandonara el lugar, sin la compañía de Nellie. Tendría que regresar solo a la casa sobre mis propios pasos. Al salir, miré para las cuatro esquinas. Encomendándome a las mil vírgenes de las letanías del rosario, me persigné y caminé lo más rápido que pude. Actué como un idiota en la barra, como si fuera un turista que no conoce el idioma del país que visita y solo se limita a sonreír. En absoluto me gustó el papel de huevón que había hecho durante toda la noche. De regreso, no encontré a nadie en el camino. Sin embargo, advertí sobre mis hombros la protección de un guardaespaldas. Deduje que, si Domenico me enviaba solo de vuelta a la casa, sabía que no podía suceder nada, a menos que tuviera un sustituto que hiciera el trabajo.

Nunca me había sentido tan frustrado por actuar como una marioneta. El cansancio provocó que me quitara la ropa y que me acostara en calzoncillos sin ponerme el pijama. Olvidé por un instante que estaba en una casa ajena. Imaginé que no podría conciliar el sueño, pero, tan pronto puse la cabeza sobre la almohada, no tardé diez minutos en dormirme. A eso de las once de la mañana, Nellie entró a la habitación y dio una sacudida a la cama para que despertara.

—¿Qué pasa? —dije palpando las sábanas.

—No, tranquilo. Te desperté para desayunar juntos. Acabo de hablar con mi mamá, la llamo todos los domingos a Medellín, y me dio la noticia de que Jairo «el Coco» Estrada murió en una emboscada en la madrugada.

Ella no sabía de la relación que tuve con el Coco Estrada. Ese fue el individuo por el cual abandoné Colombia.

¿Qué paisano no conoce al hombre más poderoso y temido del cartel de Bogotá? Por ahí dicen que nadie se debe de alegrar por la muerte de una persona, pero sería hipócrita si no le confieso que sentí un gran descanso. Con su muerte terminaba el tiempo de exilio. De nuevo podía regresar sin correr el riesgo de ser asesinado. Sin embargo, aquí cada día se cerraba más el cerco. Mi vida estaba en la cuerda floja; por esta razón, determiné que tan pronto acabara la misión y tuviera en mano la plata completa, volvería a mi país.

Nellie me entregó una nota: «Vas a caminar por la calle Norzagaray, hasta llegar a la Escuela Abraham Lincoln. En el trayecto te encontrarás con un hombre vendiendo piraguas. Le preguntas si sabe la zona donde quedaba el extinto barrio intramuros, del siglo diecinueve, conocido como Culo Prieto. Te dará las directrices para llegar allí».

Seguí al pie de la letra las instrucciones. Cuando el piragüero me señaló el camino, me adentré por la calle José Celso Barbosa y doblé a la derecha en la San Sebastián. Justo al llegar frente a la única propiedad que tiene un patio frontal, vi a una mujer harapienta que pedía limosna sentada sobre el escalón que se formaba entre el terreno y la acera.

—Ayúdeme con algo, por el amor de Dios —dijo extendiendo la mano y agregó—: ¿Es usted extranjero? —acertó con la pregunta clave que me advertía que ella era la emisaria.

Cualquiera que me viera con la cámara en el cuello, los pantalones tipo bermudas, una camiseta que decía: «I love Isla del Encanto», chancletas, gorra y las gafas de sol, me identificaría como un turista. Le contesté que era colombiano y le pasé una moneda de veinticinco centavos. Ella me dijo, mostrando una sonrisa, que tenía algo para mí. Me entregó un paquete cerrado y un papel carta con varias instrucciones. Llegué a la casa para develar la caja. Su contenido era las invitaciones para la gran fiesta de despedida de año en los predios de El Morro que Domenico les ofrecía a los residentes de La Perla a nombre del senador Carelio Paredes. La verdadera intención, que se mantuvo secreta para Paredes, era sacar esa noche a todos los moradores de la barriada para que, cuando sonara el cañonazo de las doce y comenzara la implosión de La Perla, causada por las dinamitas colocadas en unos puntos estratégicos, no muriera nadie. Uno de los atractivos principales de la festividad era que, en vez de pagar para asistir, se le iba a entregar un sobre con la cara de Paredes que diría: «¡Feliz año 1987!». Dentro habría un cheque al portador de cien dólares. Para amenizar la fiesta se había contratado a Celia Cruz y al Gran Combo, comidas, bebidas, atracciones para niños, fuegos artificiales. ¡Todo gratis! La promoción ya estaba en pie a través de cruzacalles, afiches en los postes y en establecimientos del sector. «Demasiado bueno para ser cierto», rumoraban muchos. Con las invitaciones se les quería dar un toque personalizado a cada familia residente de La Perla. Yo no repartiría las invitaciones; Nellie se las entregaría al encargado de la campaña de Paredes en la barriada. Él y su comité bregarían con el asunto. Ese hombre fue el que acompañó al senador al tráiler la noche que mataron a Glori. Se suponía que ninguno de los dos vería la llegada del ochenta y siete porque ambos morirían durante la fiesta, pero de esa otra trama política yo no tendría responsabilidad alguna.

En la carta se me dio la encomienda de que fuera a diario al cementerio Santa María Magdalena de Pazzis, el que delimita La Perla por la parte oeste, a recoger la dinamita que utilizaría para hacer desaparecer el barrio. La misiva contenía una lista de las tumbas, con el nombre del difunto, la fecha y la hora en que debía retirar los explosivos del lugar. La primera visita estaba pautada para el próximo día. Yo tenía que ir con la cámara colgada del cuello y de cuando en vez tirar algunas fotos a los monumentos más destacados. La indicación era muy precisa: «En dirección hacia la glorieta, encontrarás a la izquierda una lápida horizontal con el año 1898 escrito en tamaño grande, y junto a unas flores frescas amarillas habrá un bulto. Lo debes tomar sin mirar para ningún sitio y sigues caminando de lo más natural hasta llegar a la casa».

La nota del día número dos decía: «Irás al panteón que da la bienvenida al camposanto. La tumba está en la posición opuesta a la puerta de entrada. Es un mausoleo destechado con pared de mármol semicircular, coronada con conchas de diversos tamaños y rematada en ambos extremos por columnas cuadradas. A la derecha hay tres estatuas erguidas, sin brazos, una representa a un joven con vestimenta romana que mira hacia el retablo del centro de la pared, decorado con una cruz custodiada por dos columnas semicirculares con capiteles jónicos. Notarás que las niñas contemplan el sarcófago, revestido parcialmente con una manta que parece real por los pliegues y la caída hasta la grama verde. A la izquierda, la figura de la Virgen postrada, a la que por el ropaje, el velo y la posición de la cabeza inclinada hacia abajo, no se le ve el rostro. El paquete con los explosivos estará detrás del sepulcro». Entré al monumento que parecía una instalación de museo. Como las estatuas eran a escala real, me sentí uno de los dolientes que sufría la pérdida de un ser querido. Arranqué una mala yerba que sobresalía entre las buenas y agarré lo que buscaba.

Día tras día repetí el mismo ejercicio a diferentes horas. Me daba pavor de que alguien me descubriera porque muchos turistas y lugareños contemplaban el cementerio desde el terraplén en lo alto de la muralla.

Me sorprendieron los estragos que habían hecho las plagas que envió Domenico a La Perla. Muchas casas estaban en completo abandono, sin puertas ni ventanas, porque sus dueños cuando se mudaron de allí desmantelaron las estructuras. También, los delincuentes se encargaban de hacer lo propio para sacar dinero. Los sótanos de esas propiedades destartaladas eran los puntos estratégicos donde yo colocaba los explosivos. Como sabían que era el primo de Nellie, los vecinos me permitían transitar por los estrechos callejones sin ninguna dificultad. Siempre cargaba la dinamita en una mochila. Entraba a las estructuras deshabitadas y deterioradas para hacer mi trabajo, y salía con un caracol o cualquier trasto que encontrara a mi paso, como pretexto de mi visita a cualquiera de las ruinas.

Durante los recorridos por La Perla, la asistencia a la capilla, las andanzas por los bares y a la cancha de baloncesto, descubrí que en aquel vecindario hay gente buena, afable y decente; que existen más personas alegres que tristes, que hay más sanos que enfermos y que son más las personas dadivosas que las avariciosas. Tuve la oportunidad de notar que eran felices viviendo allí, a pesar de las disputas entre vecinos, los tiros, las drogas o las muertes sin sentido.

La última misa que fui, el pasado sábado 27, se celebraba la fiesta de la Sagrada Familia de Nazaret. De esa solemnidad religiosa lo recuerdo todo, incluso la repetición del salmo: «Dichosos los que temen al Señor y siguen sus caminos». Siempre asistían los mismos feligreses, quienes me acogieron como parte de la comunidad. Unas veces hacía una lectura bíblica; en otras, llevaba las ofrendas; y en ocasiones, recogía la colecta. Esporádicamente, acompañé a su casa al anciano de la pava, que se llama Simeón. Esa tarde, de regreso, le pregunté si iría a la fiesta de fin de año en El Morro. Contestó que no: «Soy muy viejo para estar en el alboroto de despedida de año». Le recordé lo del dinero para tratar de animarlo, pero argumentó que era más fácil fracturarse una pierna o recibir un tiro que conseguir un cheque de cien dólares. El anciano acostumbra a encerrarse temprano en su casa para esperar, en la cama, el nuevo año. El domingo le pregunté a Rosa, la vecina de Nellie, si asistiría a la fiesta del miércoles. También contestó que no, porque ella a medianoche prepara un sahumerio de incienso, mirra, sándalo y laurel que esparce por toda la casa para alejar los malos espíritus, con el propósito de que el nuevo año entre con muchas cosas buenas. Le cogí cariño porque es una señora muy caritativa y sencilla. Se pasaba haciéndome arroz con dulce y tembleque para que probara algunos postres típicos. Le rogué que fuera a la fiesta, que yo sería su acompañante y bailaríamos toda la noche. Estaba dispuesto a llevarla y luego perderme para regresar y hacer el trabajo. No quería que ella muriera atrapada dentro de las paredes de su hogar. La casa de Nellie sería el centro de activación del dispositivo para formar una cadena de detonantes consecutivos. Por más que traté de convencerla, me dijo que no. Ella estaba dispuesta a prepararme la cena de fin de año, pero que no insistiera más porque nadie la sacaría de su casa. Me contó que había escuchado rumores de que una ganga se encargaría de hurtar el cheque a los más indefensos. Otros planificaban entrar, salir y volver a ingresar para coger dos o tres veces los sobres.

Me sentí frustrado porque tenía la intención de salvar algunas vidas, pero se resistían. Una más que no despediría el año fuera de su hogar. Entonces pensé en dos personas encamadas que no asistirían tampoco, en la señora de las muletas que siempre tenía el rosario enredado en las manos durante la misa y en el anciano de la traqueotomía que me expresó con dificultad que ni él ni su esposa estarían en la actividad.

—El que quiera darme dinero que me lo traiga a la casa. —Fue lo último que me comentó.

Un niño mellado, sonriendo, me dijo que a él le hubiera gustado ir, pero su mamá lo tenía castigado por una semana porque se robó un bastón navideño, de los rojos y blancos de menta, cuando la acompañó al supermercado. Tampoco la mujer auspiciaba ese tipo de fiesta porque era evangélica. Mi pensamiento se nubló de dudas e inquietudes al reflexionar sobre las personas que no celebrarían la despedida de año en El Morro. De mi boca salió una espantosa sentencia: «Irremediablemente morirán esa noche».

-13-

¡*M*ira quién viene por ahí! Este tipo no tiene el más mínimo sentido de los días *speciali*. A quien menos esperaba hoy aquí; y después entra con ese paso de galán, como si fuera *il propietario* del hotel. No me impresiona la cara de santurrón que pone. Se cree que tiene derecho a *censurare* a los demás. Vaya *stupido,* ya el *colonnello* del Valle me ha dicho que el *novantanove per cento* de ellos tiene precio. Chucho, trata de que el bastardo de Olmes se largue de inmediato. Voy a esconderme de ese necio en la *ufficio*. Aprovecharé para telefonear a Victoria y no quiero que me interrumpan.

***

¿Cómo estás, *figlia?* ¡¿A *venti* grados?! Eso es un *freddo insopportabile,* abrígate. *Sono contento* de que estés divirtiéndote. Eso es parte de la *gioventù* y es tu *ricompensa* por estudiar tanto. *Molto bene!* Ahora puedes descansar. ¡No, no! A Puerto Rico no vengas en estos días. Aquí no vas a entretenerte, hay un ambiente tenso en los hoteles con esto de los huelguistas. Ya sé que esas *questioni* no tienen nada que ver contigo, pero fíjate que a ti te gusta traer a tus *amici* al Dupont y no vas a poder en esta época. ¡Oye!, quédate mejor por allá. Despide el *anno* con ellos y me llamas mañana como al mediodía. Esta noche va a ser una muy larga.

Ti amo molto, Victoria, recuérdalo siempre. Todo lo que he hecho, ha sido pensando en ti. *Felice anno nuovo, la mia bella bambina!*

¡Fantástico!, ya regresaste, Chucho. Vamos a darnos un par de palos. Sirve *due* wiskis. Fíjate, me siento apenado porque es *la prima* despedida de *anno* sin Victoria. Creo que a ella no debe importarle *molto* mi compañía. A esa edad no extrañamos mucho a la *famiglia.* Vivimos pendientes de nosotros mismos. Sin embargo, aún recuerdo que cuando yo tenía *venticinque* me fui a Sicilia, a visitar Catania, *la cittadina di mio padre.* Yo estaba tan *felice* que ni las erupciones del Etna me preocuparon. El día que caminé por la vía Etnea me detuve en un tramo, al final, y aprecié cuán cerca de la *città* parecía estar el volcán. La verdad es que no sé cómo la gente puede vivir con ese *pericolo* prácticamente en el jardín de la casa, pero ellos parecen no tener miedo. Nunca he vivido otra despedida de *anno* como aquella, fue un evento inolvidable. La mesa era un festín *multicolore* y el aire cargaba los *odori* de las bandejas y cacerolas. Pasamos la *notte* entre música, risas, conversaciones, vinos y comida. Cuando dieron las *dodici,* después de los abrazos y besos, cada uno tiró a la calle un objeto *vecchio* que había traído a la fiesta. Es un *rituale* que se hace el 31 de *dicembre*: «*Gettare dalle finiestre le cose vecchie e rotte!*». ¡Carajo!, se me olvida que tú no entiendes. Eso quiere decir: «¡Tirar las cosas viejas y rotas por las ventanas!». En ese instante, recordé a mi *famiglia* y me cuestioné por qué nunca me contaron de esa *tradizione* siciliana y por qué no continuaron con la costumbre en Puerto Rico. ¡Eh, Chucho!, ¿y esa cara? ¿No has podido deshacerte de ese *figlio di puttana* de Olmes? Fuiste un *imbecille* al sugerirle que me buscara por todo el hotel. Va a regresar al casino. Ese *bastardo* sabe que voy a estar allí. Solo de pensar en él me encojono. Mira, anoche tuve un sueño que no comprendo. Por poco llamo a la loca de Misiselin para que me dijera lo que le parecía, pero desistí.

En el sueño yo estoy en un hotel bien lujoso, no sé si es este. Hay un *problemi* que tú quieres contarme, pero no abres la *bocca* para decírmelo. Sigo caminando detrás de ti, esperando que me hables. Aparece otra *scena* y veo flamas saliendo de la piscina, y corren por la terraza hacia mí. Yo pienso: tengo que ir a mi *ufficio* a buscar mis libros, mi dinero. En el sueño no era esta, sino otra que estaba en un piso alto. Mira qué cosa más pendeja, porque la caja fuerte no se va a quemar. Sin embargo, yo tengo pánico de que alguien busque en los escombros y se la lleve. Las escaleras son interminables. Piso un peldaño y aparecen más, uno y otro y muchos más. Salgo *scappato* envuelto en humo y de pronto estoy en la *ufficio*. También está llena de humo. Voy palpando en los lugares donde están mis libros; los encuentro y, así, de pronto, aparece un maletín de la nada y sigo, como un demente, echando billetes, documentos y *non ricordo* cuántas cosas más. Mientras el humo se propaga, las llamas se acercan a la puerta. Primero eran altas, luego disminuyen y se retiran, como si fueran olas en un vaivén. ¡Un *inferno!* Avanzo hacia la caja fuerte y cuando trato de abrirla confundo los números: *otto, nove, quattro, cinque,* y no abre. Asfixiado por el humo, *credo* que no puedo y trato otro número: *otto, nove, cinque, quattro;* tampoco abre. Pienso que es una letra, o son muchas, o hay *lettere e numeri.* Las olas del *mare* se asoman por la ventana. Cuando *il fuoco* se acerca, recuerdo la clave:

otto, quattro, nove, cinque. Antes de marcar la contraseña se abre. No veo, por la oscuridad y el humo, pero sé dónde he puesto los *biglieti*. Saco los de *diecimila*, esos que compré de un coleccionista, y muchos de *mille*. Algunos se me caen, pero no los recojo porque tú y Renato están ahí y los van a recoger. De pronto, ustedes desaparecen y el *fuoco* viene como un ser vivo sobre mí. Se me cae el maletín y decido abrir una ventana para que se enfríe la *ufficio*. Y, como en las películas, *tutto* explota y termino suspendido en el aire, mirando el océano levantar las olas. Me he despertado empapado en *sudore,* gritando como un demente: *Sto nell'aria!* No te rías, Chucho, que por poco muero de un ataque al corazón con ese sueño. Sí, claro, mejor juega tú los *numeri* en la lotería.

Tornando a la realidad, ¿hablaste con los tronquistas? Estos tipos no dan tregua. ¿Acaso no saben que hoy es 31 de *dicembre* y no nos interesa tener conflicto alguno? Además, se pasean por el hotel todos apestosos y sudados, con el uniforme de *lavoro,* rozándose con la gente tan elegante que comienza a llegar. Hay algo en el ambiente que no me gusta y no sé explicar qué es. El aire está pesado, ahoga, y cada vez que encuentro al Néstor Curero, me siento incómodo. Es más, ve y busca al pendejo ese, quiero *parlare* con él. Y dile a las *ragazze* que terminen de arreglarse y recuérdales que hoy hay que enseñar mucha teta y apretar bien el fondillo en los vestidos de gala.

***

Ha llegado usted rápido. Gracias, Chucho. Puedes retirarte.

—¡Buenas tardes! Dígame, don Domenico, ¿en qué le puedo ayudar?

A mí en nada, Curero, *ma* necesito saber hasta cuándo carajo van a estar ustedes corriendo de aquí para allá con *questo* del sindicato. No creas que no nos damos cuenta de los movimientos en el hotel. Es obvio que buscan hacer daño. El otro día Renato se dedicó a seguir a uno de tus alcahuetes porque cuando lo miró le pareció que tenía un *piccolo* bulto en el bolsillo de la chaqueta del uniforme. *Il sospetto* se paró en el *lobby* y miró para todos lados antes de entrar al *ascensore*. Jamás pensó que lo seguían. Se bajó en el *ottavo* piso y entró a una de las habitaciones que tenía la *porta* abierta porque la mucama la estaba limpiando. Renato permaneció en el pasillo hasta verlo salir y simuló que esperaba que le abrieran la *porta* de otra habitación cercana. El tipo le pasó por detrás y se montó en el *ascensore* nuevamente. Me imagino que pensó que Renato iba a supervisar alguna de las *ragazze*. Cuando el hombre se fue, Renato sintió un olor a gomaespuma quemada y corrió hacia la habitación de la que había salido tu empleado. Siguió el rastro de la peste hasta el clóset y cuando lo abrió vio la flama de un quemador Sterno que consumía una almohada. Desde ese día tengo la sospecha de que ustedes traman algo *terribile*. El encargado de seguridad, Felipe Núñez… sí, ese mismo, al que le dicen Alí Babá, también sospecha algo. No me esquives la mirada, Néstor. Cuando yo hablo, con quien sea, quiero verle bien los ojos.

Escúchame, Néstor, tú eres muy joven para saber *tutta* la historia de ese gremio, pero te voy a advertir. Estás metido con unos mafiosos peores que algunos de los que son mis *amici*. A Jimmy Hoffa, el gran activista sindical del gremio de los camioneros de Estados Unidos, lo vincularon con la mafia y estuvo *prigioniero sette anni* de una *condanna* de *quindici anni* por sobornar a un jurado, aunque por otras cuestiones relacionadas con la mafia nunca nadie pudo probar *niente*. En el 1971, el presidente Richard Nixon lo perdonó con la *condizione* de no volver a estar en la unión, pero el *stupido* quiso regresar y en el 1975 desapareció. Dicen que su grupo lo mató. Debe estar *sepolto* debajo de alguna *costruzione* con *mille* pies cúbicos de cemento por encima. Hace apenas *tre anni,* lo declararon finalmente *morti;* pero no ha aparecido el cadáver. No te sigo contando de los otros secretarios, asistentes y el grupo de pendejos que han desaparecido porque este no es el día para eso. Tengo conocimiento, de *prima* mano, que no se va a lograr esa petición de la Unión para restituir a los empleados que el hotel cesanteó.

—¿Y las otras peticiones?

Sí, sí, estoy al tanto de las exigencias sobre mejoras de salario y condiciones de *lavoro*. Pero esos incendios que provocan por ahí no son arma de negociación. Ya van *quattro* y ni siquiera los han asustado. Si el asunto se complica más y arman un caos, cuando te arresten, la Unión se lavará las *mani* y no habrá forma de probarle que ellos son *responsabile* de los hechos. La reunión de esta tarde es una pérdida de tiempo. Tú llevas *dieci anni* aquí. Te recomiendo que no revuelques este avispero, tú sabes… cuando pierdan la negociación podrían supervisarte más y joderte la *vita*. No seas *stupido,* ten cuidado con seguir mucho los mandatos de la Unión. Tú y tus *amici,* Normando Rivera y Francisco Jiménez, se van a ir todos juntos a la *merda*. Aparte de que estoy encojona'o con ustedes, porque tengo unos inversionistas jugando al lado y no quiero que les malogren la *notte*.

—¿Eso es todo?

—¡Vaya si eres imbécil! Sí, para eso te llamé. ¡Vete al carajo! Allá tú con tus líos. ¡Feliz *anno!*

Entra, Chucho. Estoy seguro de que los tronquistas maquinan algo. Estuve en una *riunione* con el gerente Tombstone y con el oficial de seguridad, y me han informado que les parece que van a provocar un revuelo mayor. La Unión puso un *messaggio* en la radio en el que dicen que «el Dupont Plaza no es un buen lugar para despedir el *anno*». En el piso *sette* hay un área preparada para los gerenciales y el personal de seguridad. ¿Sabes cuántos oficiales de seguridad hay? Cada vez que ocurre un *fuoco* agregan más. Ya son *centoventi* hombres entre luchadores y agentes de operaciones tácticas de la Policía de Puerto Rico. Les dicen los *assassini* de Alí Babá. ¡Ja! ¿Los policías? Pues, macho, ¿tú crees que ellos ganan miles como tú? Ellos hacen dinero extra con eso.

Es mejor que te vayas a supervisar a Renato *con la questione della dinamite* en La Perla. Más vale que la haya colocado en los lugares *strategico* que establecimos para que derrumbe las paredes, con poco daño a la *popolazione*. No porque me importe, sino porque si lastimo muchas personas mi *progetto* se va a pique. ¡Tú te imaginas! Terminarían levantando un *monumento commemorativo* en el sitio en el que por *tanti tempo* he soñado poblado de villas y apartamentos lujosos. *Due* o *tre morti* pueden pasar como accidentes inesperados. A los *imbecilli* que no quieran salir de sus casas, olvídenlos.

Claro, el que no vivirá para contarlo es Renato. Chucho, haz lo acordado: envenénalo en acuerdo con la Nellie; esa *donna* mata a quien sea por dinero. Recuerda que deben hacerlo en la *festa*. Cuando esté drogado y sin control, lo sacan de allí y lo llevan al lugar que les indiqué para lanzarlo al *mare*. ¡Que se muera en el *fondo dell'oceano* que tanto admira! ¿Por qué lo voy a matar? *Facile,* no porque se acostara con Glori, que total era otra *furcia* más, sino porque es un *figlio di puttana,* de esos que son capaces de contarle todo al FBI o la CIA, con tal de salvar su pellejo.

Voy al casino, a ver si me consigo una hembra nueva. Esta noche es de *festa* y no es para estar solo. Pues no nos podremos ir todavía; observa quién llegó. ¡Olmes, buenas tardes! Ya iba de salida para el casino. ¿Qué lo trae por aquí? ¿Quiere tomarse *qualcosa?* Después de todo, hay que alegrarse porque hoy se acaba el *anno.*

—No, señor Lucania. Vengo en funciones oficiales. Quiero repasar unos puntos con usted.

—Pues, tome asiento.

—Tiene una oficina muy lujosa. Y esa decoración de espadas en la pared es interesante.

—Bueno, yo apenas he comprado *due.* Las demás las heredé *da mio papà.* Mi favorita es la del centro, es una katana japonesa. Mi abuelo la adquirió en una subasta. *Il mio nonno* decía que le había costado más de *mezzo milione;* pagaba lo que fuera cuando le interesaba *un oggetto da collezione.*

—¿Usted sabe manejar una espada?

—¿Utilizarla como arma?

—Eso.

—Sí. Practiqué esgrima hasta hace poco.

—Lucania, ¿usted recuerda cómo murió Gloria?

—Claro, una varilla la atravesó por el medio del *petto*.

—Sí, como si fuera una espada.

—¡Nah! La herida de una *spada* hubiera sido lineal, la de una varilla sería redonda.

—¿Y cómo son los floretes?

—*Come… come* una varilla; cilíndricos.

—Interesante, ¿no? Dígame otra vez qué hacía usted allí en la construcción.

—Olmes, no sé *perché*, pero no me gustan sus preguntas. Tendré que llamar a mi *avvocato*. ¿Le puedo ayudar en algo más?

—Me gustaría acercarme a ver su colección y luego me voy… Esta es muy interesante…

—Sí, es una *spada* ropera. Se le llama así porque se cargaba como un elemento adicional de la ropa.

—Tiene una punta casi redonda…

—Romboide es el término correcto. ¡Ya está bien, Olmes! Tengo que ir al casino para atender a unos invitados.

—Una última pregunta… ¿Dónde conoció a Gloria?

—En Together, la discoteca de un *amico*. Ya se lo dije, revise sus notas.

—¿Tuvo intimidad con ella?

—Claro, para qué son las mujeres, sino para meterles mano. Pero le recuerdo que la *notte* en que la mataron yo no estuve con ella.

—Es que…

—Ella estaba con otro esa *notte,* lo sé. Era una perra. Eso es lo que dice la autopsia, ¿no?

—No puedo decirle nada del caso, es información confidencial.

—¿Quién hizo la autopsia?

— El informe del patólogo es secreto por ahora. No puedo darle detalles de ese asunto.

—Solamente hay *due* patólogos forenses, un hombre y una *donna.* Usted acaba de decirme que es el hombre, así que es Pablo Gutiérrez. Él está en la lista de mis invitados para *la festa* de esta *notte.*

—Usted es un hombre brillante, Lucania.

—Atento y *osservatore,* solamente eso. Chucho, dale una tarjeta de cortesía a Olmes para que venga a cenar con su pareja y a disfrutar una *notte* en el hotel. Gaste lo que gaste, no le costará nada. A menos de que apueste, eso lo paga usted.

—Gracias, pero no la puedo aceptar.

—Usted se lo pierde, Olmes.

—Solamente por curiosidad: ¿usted tuvo sexo con ella más de una vez?

—Pero vaya pregunta tonta. Usted se cree que yo soy maricón o qué. *Certo* que tuve sexo con Gloria a menudo. ¿De qué se ríe usted?

—De nada, es solo una pregunta. Ahora sí que me retiro y de paso lo acompaño hasta el casino.

—*Grazie,* Olmes, pero tengo que hablar un asunto privado con Chucho. Siga usted adelante. Mire a ver si puede hacer algo con los tronquistas que andan paseando la peste de sus cuerpos por todo el hotel. Tengo el presentimiento de que preparan una revuelta... Oficial, ahora sí me despido. *Buon anno.*

Chucho, antes de irte para La Perla, diles a las *ragazze* que se salgan de la barra y vayan al casino. Las quiero con los jugadores más importantes. Recuérdales que, cuando ellos estén ganando mucho dinero, tienen que hacer lo imposible por llevárselos a la *suite principale* y darles a tomar el licor que les apetezca; hasta que se emborrachen. Luego, los traen de nuevo a las mesas.

Vamos al casino, en el camino seguimos hablando. ¡Qué peste! Esta mezcla de *odore* a sudor con perfumes diferentes me dan *congestione nasale.* ¿Sabes lo más que me gusta de este día? Lo bellas que se ponen las *donne.* Mira esos trajes, parecen diosas. Han llegado tempranísimo, apenas son las *tre.* Claro, siempre aparece una fea a dañarlo todo. Mira aquella: es horrible y cree que se ve bien. Acabo de identificar a mi próxima *vittima,* la rubia de pelo rizado, esa con el traje rojo. ¿La ves? No importa que tenga un anillo; mejor, no le tendré que proponer matrimonio. ¿Quién te dijo que el que está a su lado es el *marito?* ¡Adiós, carajo! Si es el patólogo. ¡Qué bueno que llegó temprano! Voy a saludarlo, a ver si obtengo alguna *informazione.*

—¡Doctor Gutiérrez, que bueno verlo por aquí! Déjeme invitarle a *altro* trago a usted y a su elegante esposa. Este será *il quarto* entonces; no tema, no se va a emborrachar. *Grazie* por aceptar. Relájese, seguro que ha *lavorato* mucho en estos días.

—No tiene ni idea.

—Hablando de su *lavoro,* permítame preguntarle: ¿por casualidad le tocó hacer la autopsia de Gloria Saleta?

—No, a mí no. Esos casos los hace mi colega.

—He sido inoportuno. Acepto que no es el lugar para hacer este tipo de preguntas. Me enteré, por casualidad, de que usted fue el patólogo. ¡Oh!, me parece que a su esposa no le agradó el tema y se fue. *Altro* trago; doble ahora para que sepa mejor.

—Acá entre nos, sí, a mí me asignaron ese cadáver. Usted no se imagina las sorpresas con las que uno se encuentra en algunas autopsias.

—Usted es un *professionale* muy competente e imagino que ha visto *molte cose,* ¿qué le impactó de ese caso? Pero, primero *altro* palo. No hombre, no está borracho. Si lo estuviera no le ofrecía más.

—Bueeeno… pues, ¿qué preguntaba? Ah, sí, de Gloria. Yo no la conocí, pero tampoco me hubiera gustado conocerla. Yo soy un católico practicante, lector de la Biblia y fiel seguidor de las normas que rigen la relación de un hombre y una mujer dentro del santo sacramento del matrimonio. Ya está muerta y a los muertos hay que respetarlos, pero mire usted… recuerde mis palabras: no todo lo que parece oro es oro. Yo me pregunté si tendría novio. A veces la gente no mira bien y se confunde. No sé si me comprende.

—Doctor, yo estuve con ella por un tiempo. Era una hembra como ninguna, *sempre* arriba, usted sabe.

—Ah, bueeeno… Entonces, no hay por qué quitarles la ilusión del Santa Claus a los niños, ¿qué usted cree?

—¿Que qué creo? Que ahora sí está borracho. Voy a buscar a su esposa para que se retiren a su habitación a ver si se recupera y puede estar en la *festa* de despedida de *anno.*

Chucho, me acabo de apuntar una. Hablé con la esposa del patólogo y le sugerí que lo acostara hasta mañana y regresara, que yo la acompañaría. Pues claro que dijo que sí, ¿no te diste cuenta de que es un trofeo del doctor? Ese dejó la *vechia* hace *anni* para casarse con esta; puede ser su nieta. ¡Bueno, basta, andando! ¿Qué tú dices? Deja las *ragazze* como están y avanza. Nellie nos advirtió que Renato está pensativo y casi ni le habla. Como si quisiera arrepentirse a última hora por unos cuantos vecinos a quienes les ha tomado *affeto*. El que no desee salir de su casa que se joda. Esto es *come* la guerra: se sacrifican *alcuni per molti*. Yo no doy un paso atrás. No haré caso de los cuentos de viejas ni de inválidos. Por lo único que yo pararía esta cuestión es si mi *figlia* estuviera allí. Anda, vete, y cuando salgas verifica que el doctor y su mujer subieron a la *stanza*. Intenté sacarle *informazioni* al médico ese y lo único que logré fue emborracharlo. No quiero un borracho dando vueltas por ahí con el riesgo de que termine *dando spetaccolo*. Con los tronquistas me basta.

Brown y Stepton están jugando miles *di dollari*. ¡Qué bueno! Ya mismo voy por ahí y los desfalco. Hasta ahora todo me ha salido a pedir de boca. ¡Vete! Yo velo de lejos que las *ragazze* hagan bien su *lavoro*. ¡Ajá!, mira aquella puta quitándole el vaso al cliente. Mañana la despides. Tengo que entrar ya al casino, *mister* Brown me está haciendo señas. Vamos a ver si gano mucho dinero. Voy a entretener a los inversionistas en lo que llega la *notte*.

Chucho, ¿*perché* no te vas? Me has hecho salir de nuevo, ¿qué te pasa? ¡¿Que te pague *ora*?! ¿Qué te crees, hombre *di merda*? *Questo* no es un donativo para la Iglesia. No compro *indulgenza,* te voy a pagar por matar a Renato.

Cobrarás cuando traigas el pedazo de piel con el tatuaje que tiene en el hombro izquierdo. Cuando eso esté en mis *mani,* yo te pago. Anda, echa a caminar para el Viejo San Juan. Ya son las tres y veinte. No olvides despedirme del colombiano cuando lo tires al *mare. Ritorno* al casino, voy a hablar con *mister* Brown.

186

***

¡Renato! ¿*Come* has llegado *qui?* Se supone que estés en La Perla. ¿*Come* te atreves? ¡¿Que no quieres hacerlo?! Mira, cabrón, me controlo porque *qui* hay gente, pero te prometo un tiro en medio de la frente si no vas a hacer lo que te pedí. ¡Lárgate!

¡Carajo! *Che cosa è questo?* ¿Qué hacen esos salvajes en la recepción? ¡Unionados del *diavolo! ¡Hay que detenerlos! ¡Están* rompiendo espejos, la *decorazione,* y cuanto encuentran a su paso! Y por qué gritan esas tonterías de: «¡Nos jodemos todos! ¡Alí Babá, no te vistas, que no vas!». ¿De dónde sale este humo? ¡Renato! ¡Ven acá! ¿A dónde vas? Demasiado humo. ¡Espera, vuelve! ¡Mire, guardia, espérese! ¿Por qué ha cerrado *le porte?* ¿No ve usted el humo? *Fuoco!* ¡Ay de mi Victoria! ¡Renato, no te hagas el que no me oyes por estos cristales! Ven a sacarnos. ¡Mira, tú, seguridad, abre *la porta!* ¡Cabrón, abre *la porta* o te parto el cuello! No me vengas con esa *merda* de que el gerente Tombstone te ordenó cerrarla por la seguridad del casino. Me falta aire… ¡Ah, no me empujen! ¡Coño *il fuoco, il fuoco* es enorme! ¡Guardia, abre *la porta!*

-14-

Hello! ¡Olmes! ¡Bendito sea Dios, al fin me contesta! ¡Ay, detective! En esta casa solo ocurren desgracias. ¡Venga inmediatamente, se lo ruego! ¿Por qué me pregunta? No, no he prendido el televisor desde ayer en la mañana, ignoro lo que pasó en ese hotel. Olmes, escúcheme usted a mí. Me he quedado sola en este mundo. ¿Qué voy hacer? Mi vida ya no tiene sentido. Por favor, no me importa si está muy ocupado ni que sea Año Nuevo, pero entiéndame: la muerte se ha ensañado conmigo. Necesito de su ayuda en este momento.

Ya le dije que no sé nada del Dupont Plaza, nadie me ha comentado la noticia. ¿Por qué se extraña? En estos momentos lo más importante para mí es lo que está ocurriendo en esta casa. ¡Me importa un comino si el Domenico ese murió ayer en el incendio! No le he gritado, ¡estoy desesperada! Me siento impotente, para mí no hay consuelo; ni el mismísimo Dios puede reparar mis pérdidas.

¡¿Cómo me pide que me tranquilice?! ¿Usted cree que es poco lo que ocurrió? No puedo adelantarle nada, pase por acá para que lo vea con sus propios ojos. En estos momentos lo menos que quiero es que me cuente más desdichas. Olmes, si han muerto cien o doscientas personas en esa tragedia me tiene sin cuidado, lo que me importa ahora es la mía. Exijo su ayuda; siento el pecho apretado, este dolor es insoportable. Si me encuentran tirada en el suelo solo usted será el responsable de otra muerte.

***

—He venido lo más pronto posible. Misiselin, ¿qué pasa aquí?, ¿qué es todo esto? Le va a coger fuego el apartamento con tantas velas encendidas, nunca había visto cosa igual. ¿Son por los muertos del Dupont? Porque más bien parece un culto satánico. ¿Qué le ha sucedido? ¿Ha perdido la razón? Tranquilícese, deje de llorar.

—Mire… mire que desgracia. Mi Sandro… mi hijo y mi Ventura han muerto. Esta mañana lo encontré frío, no se levantó de su cama.

—¿A su marido?

—¡No… a Sandro! Estuvo conmigo toda la noche, despierto, mientras hacía varios rituales intentando revivir a Ventura. Le digo que esto es un castigo de Dios; se ha llevado lo que más quería por haber dejado morir a mi esposo.

—Estoy confundido. Primero déjeme apagar todo esto antes de que se incendie también el condominio. Con el fuego de ayer en el hotel ya tenemos más que suficiente. Dígame una cosa, ¿su marido no se encontraba lejos en un asilo?

—No…, le mentí. Todo este tiempo, Ventura ha estado más cerca de lo que usted se imaginaba. Ha permanecido aquí sin dejar de acosarme. Si voy al cuarto, allí se presenta; si estoy en la sala, de momento me asusta. Me habla día y noche, sin callarse, echándome la culpa de su muerte.

¡No me deja en paz! En estos últimos días la casa se ha convertido en un infierno.

—Misiselin, siéntese unos minutos, deje de estar caminando de un lado para a otro, cálmese. Creo que está hablando incoherencias. ¿Por qué no suelta el gato? No le hace bien continuar meciéndolo y acariciándolo como si estuviera vivo.

—¡No, no me lo quite! Déjeme tenerlo en mis brazos.

—Si continúa gritándome y llorando voy a tener que llevarla a un hospital para que la seden; está descontrolada.

—¡Olvídese, de esta casa no me saca nadie en contra de mi voluntad! Llévese a Ventura. Mírelo allí, parado en la cocina. ¿No se da cuenta de cómo se ríe de mi desgracia? No me deja tranquila. ¡Lléveselo… lléveselo lejos! ¡Ay…, mi pecho, qué dolor tan grande, no aguanto tanto sufrimiento!

—Misiselin, venga, siéntese. ¿Por qué no prepara uno de sus tés para que se serene? De una vez me da uno a mí y nos sentamos para que me diga lo que ha ocurrido.

—¡No! ¡No quiero tomar nada!

—Sin gritarme, por favor, también estoy muy alterado con lo que ocurrió ayer. Vamos, desahóguese, eso le vendrá bien.

Olmes, ¿recuerda que la última vez que nos vimos le mencioné que había visto en las cartas que se aproximaba una escasez de alimentos, una catástrofe para Puerto Rico? Con eso en la mente, a finales de octubre compré un refrigerador para almacenar carnes y productos congelados. El día de Halloween, por primera vez en su perra vida, Ventura se empeñó en comprar dulces para regalárselos a los nenes del condominio. Yo, que sabía cuáles eran las intenciones de él, me opuse a sus planes. En los años que vivo aquí, a esta puerta no se ha asomado, ni por equivocación, un niño. Me tienen miedo, porque comentan que soy hechicera. Imagínese, menos se acercan el Día de las Brujas. Mi marido pretendía sentarse toda la noche en el pasillo para entregarles dulces a los muchachitos; eso era lo que él decía. Esta que está aquí, que no tiene un pelo de idiota, sabía que su intención era echarle el ojo a Gloria cada vez que saliera al pasillo a regalar bombones. Ventura estaba chiflado con ella. Figúrese usted que hasta llegué a pensar que mi vecina me lo podía quitar. Después que Ventura salió del panorama, nos hicimos amigas. Entonces, un día, ella apareció a mi puerta llorando, la dejé entrar y le preparé un tecito para calmarla y luego…

—Sí… sí, Misiselin, esa historia ya me la contó. Vamos al grano, ¿qué pasó con Ventura el día de Halloween?

—¿Ya le conté lo de los dulces? No me acordaba.

—Sí…, Misiselin.

Ah, pues resulta que cuando cayó la noche me di cuenta de que él puso la silla frente a la entrada de aquí y le dije: «Me haces el favor y te metes para adentro y cierras la puerta. Sinvergüenza, ¿te crees que no conozco tus intenciones? Ahora no me digas que estoy celosa de la tipa esa. A mí lo que me da rabia es que un viejo como tú se ponga con ridiculeces y que estemos en boca de todos».

Se atrevió a decirme que aquí la única chismosa era yo. Y le dije… Ay, bendito, ¡qué no le dije! Hasta del mal que iba a morir. Me mandó a callar y que no hablara tantas necedades. Entonces decidió esperar a los niños dentro del apartamento con la puerta abierta. El muy descarado puso un letrero afuera, en la pared, que decía: «Amiguitos, aquí hay dulces. Entren y encontrarán una sorpresa». Y dibujó flechas en una cartulina y las recortó, colocándolas en el piso de la sala, el comedor y el pasillo para conducirlos al cuarto donde está el almacén. Sí, ese mismo. ¿Usted sabe qué se le ocurrió…? Meterse en el *freezer* para asustarlos cuando entraran. Ese día él no sabía qué más hacer para llamar la atención de Gloria. Estaba inquieto, como sato enjaulado que quiere irse detrás de una perra en celo. Puterías de viejo verde.

—Misiselin, ¡qué es eso! Me extraña, usted nunca me había hablado así.

—¡Hablo como a mí me dé la gana y al que no le guste que se vaya pa'l mismísimo carajo!

—No la reconozco.

Sabía que por estos lares no iba a entrar ni una mosca. Le dije al viejo fresco ese que hiciera lo que le diera la gana. En ese momento, a Ventura se le olvidó la artritis, los dolores en la cadera y hasta el de las rodillas. Cuando vi que, con mucha dificultad, se trepó en una silla para meterse al congelador, que estaba desconectado, le advertí que si se rompía un hueso no me llamara. Le grité: «Meterse es fácil, pero para salir vas a llamar a la madre que te parió que está hace un siglo bajo tierra». Comenzó a cerrar y a abrir la puerta del *freezer* para hacerme burlas.

¡No lo iba a ayudar a salir de allí! Cogí a Sandro y me fui a dar mi paseo nocturno. Había tanta muchachería corriendo por el pasillo que se me ocurrió ir por los pisos para velar que todo estuviera en orden. Le digo que el año pasado desaparecieron alfombras de entradas y unas cuantas canastas de helechos y orquídeas. Me enteré después que las encontraron al otro día en los zafacones.

Cuando todo el mundo se había recogido en sus casas, regresé. La puerta de entrada permanecía abierta. Observé que las bolsas estaban intactas, tal como las dejé. Sabía que nadie iba a entrar y mucho menos a coger un dulce de esos. Pongo mi cabeza en un picador que los vecinos pensarían que los envenenaría. Como le decía, cuando llegué fui directo a la cocina, preparé un tecito y me fui al otro cuarto a ver televisión. Lo puse bien bajito porque sabía que si Ventura se despertaba saldría de la cama para que le preparara algo de comer, pero no me daba la gana de hacerle nada. Esa noche estuve más de cuatro horas dando ronda por todos los pasillos del condominio; estaba tan rendida que me quedé dormida en el sillón hasta el otro día.

Desperté con los primeros rayos del sol, entumecida, con dolor de cintura y hasta las piernas hinchadas. Recordé que don Carmelo, el dueño de la botánica en la Plaza del Mercado en Santurce, me dijo que ese día llegarían flores frescas por ser el Día de Todos los Santos y porque el dos se honraba a los fieles difuntos. Quise ir temprano a buscar mis azucenas, pues por la demanda se terminarían rápido. Luego de hacer mis oraciones, cogí la cartera y salí a la calle antes de que Ventura se levantara. Si quería desayuno, se lo tendría que preparar él con sus manitas lindas que Dios le dio. Saludé a todos los placeros, desayuné, compré tamarindo y guanábana para hacerme mis deliciosas champolas. Alrededor de la una de la tarde almorcé allí mismo. Cuando me estaba comiendo un arrocito blanco con patitas de cerdo, me acordé de lo mucho que le gustaba a mi marido y pensé en el hambre que estaría pasando. Me desquité por todas las que me hizo la noche anterior.

Llegué a casa en la tarde y me sorprendió no verlo frente al televisor. Fui a su cuarto y tampoco lo vi. Sandro estaba maullando, dando vueltas y metiéndose entre mis piernas. Le serví comida y la ignoró, le eché agua y tampoco bebió. Lo encontré muy raro. Se fue detrás de mí cuando busqué a Ventura en mi habitación y en el baño.

Me dije: «Seguramente está en el vestíbulo y al verme entrar se escondió. Si está allí es para ver a Gloria; no va a estar abajo toda la noche, en algún momento entrará por esa puerta». Me senté a ver las noticias y la novela, y no aparecía el maldito viejo. Sandro seguía maullando y le pregunté: «¿Tú sabes dónde está el vejestorio ese?». Entonces me pasó algo por la mente; me levanté y fui al ropero para ver si su ropa estaba, se me ocurrió lo peor. Pensé que se había fugado con la vecina. Una vez me hizo algo parecido.

Sandro entró al almacén y comenzó a arañar el congelador y maullaba sin parar. Me acerqué. Al abrir el *freezer*, allí estaba Ventura acurrucado. Traté de despertarlo, pero nada, ya estaba frío. Estuve muchas horas fuera de la casa. Estoy segura de que se quedó esperando a que yo llegara para ayudarlo y se le cerró la puerta; intentó salir y no pudo. Se lo dije, que salir se le iba a hacer difícil. Imagínese, estuvo desde la noche anterior sin aire, habrá muerto asfixiado o de un infarto. No sabía qué hacer y lo primero que se me ocurrió fue enchufar el aparato ese por si le quedaba un hilito de vida. Pensé que si lo congelaba lo podría revivir luego. Había visto en la televisión que al dueño de

Disney World le habían hecho lo mismo hasta que encontraran la cura de su enfermedad.

—¡¿Quiere decir que su marido está en el *freezer?!*

Estaba tan nerviosa, que hasta pensé que me acusarían de su muerte. Esa noche no dormí, ni la siguiente, ni la otra. El día que murió le eché tantas maldiciones; le había dicho hasta del mal que iba a morir. Sentía que me estaba volviendo loca pensando y pensando qué hacer. Me eché las cartas, varias veces, para ver qué me deparaba el futuro y lo veía todo nublado, no me podía concentrar. Ya me veía presa. Decidí ir a la Plaza del Mercado a ver a Ana, la clarividente. A esa sí que se la echo a cualquiera. Lleva años en esos menesteres y su consulta siempre está llena. No le comenté nada de lo ocurrido, solo le pregunté qué veía en mi futuro. Me dijo que antes de que terminara el año alguien de mi pasado regresaba. Supe que se refería a Ventura. Me recomendó que, por tres días consecutivos, antes del 31 de diciembre, limpiara la casa de adentro hacia fuera y después la endulzara de afuera hacia adentro. Me mandó a rezar todas las noches, a la misma hora, para que esa persona de mi pasado encontrara el camino de regreso. Ventura había dejado su anillo de matrimonio encima de la mesita de noche y me lo puse para acordarme de que tenía que rezar por él sin falta. Ana me quitó un peso de encima. Las predicciones de esa mujer nunca han fallado. Muchos artistas de la farándula van donde ella porque lo que les dice se cumple. ¿Quiere que le diga los nombres de los famosos que llegan allí disfrazados para que no los reconozcan?

—No, no me interesa, siga con su relato.

Después de ese suceso me quedé tranquilita; era cuestión de esperar a que llegara el fin de año para que mi marido reviviera. Comencé a echar carnes y más carnes en el *freezer* para no verlo.

—Todavía no entiendo cómo usted pudo vivir con ese cadáver aquí dentro.

—¡No, por favor! ¡Se lo ruego, no abra el *freezer* ahora, no en mi presencia! Déjeme terminar de contarle, luego haga lo que tenga que hacer.

Me pone muy nerviosa saber que Ventura está ahí. En cuanto la gente comenzó a echarlo de menos, me inventé lo del asilo. Le confieso que, a los pocos días, ya me había acostumbrado a estar sin él. Sabía que lo tenía en casa, callado y tranquilito, y que ya no tenía quién me fastidiara. La primera vez que lo escuché hablarme, me preocupé. Su espíritu comenzó a seguirme por todas partes. Me dije: «Este hombre no va a regresar, ya está en el limbo, hay que guiarlo a la luz para que se vaya». Aun así, no perdí las esperanzas porque tenía al creador de Disney en mente.

El 30 de diciembre, en la mañana, desconecté el *freezer* para que Ventura se fuera descongelando. Ayer preparé un altar con azucenas y velas blancas. Desde las seis de la tarde comencé con el ritual. Venga conmigo al almacén, ¿ve ese círculo de protección con sal alrededor del *freezer?* Es para impedir la interferencia de cualquier entidad del mal. Consagré el círculo invocando los poderes de las fuerzas de los cuatro elementos de la naturaleza. Encendí velas por toda la casa. Convoqué los guardianes del norte, sur, este y oeste para que presenciaran y bendijeran el ritual. Pasé toda la noche rezando y echándole agua bendita, pero nada. Entonces fue que me di cuenta de que Ventura no iba a revivir.

No es mi culpa, Olmes, no lo maté, no lo maté. ¿Dígame qué va a pasar conmigo ahora?

—No lo sé aún, sin embargo, se puede pensar que usted lo encerró en el congelador por celos. Tengo que llevarla a la oficina para tomarle una declaración jurada y abrir un expediente del caso. Ese cadáver no puede seguir aquí. Hay que sacarlo del *freezer,* levantar evidencias e investigar.

—¡Ay, Dios mío! ¿Y mi pobre Sandro?

—Hay que enterrarlo.

—¡No… no me diga una cosa como esa, no me puede separar de mi hijo, era lo único que me quedaba!

—Tengo que utilizar su teléfono.

—¿Para qué? ¿Va a llamar a la policía? No me puede llevar presa, usted se quiere deshacer de Sandro. ¡Auxilio… socorro, me quieren matar… auxilioooo!

—¡Deje de gritar! ¡No le voy a hacer daño!

—¡Ayudaaa, por favor, me quieren matar!

***

—Adelante, puede pasar.

—Buenos días, vine a ver a Misiselin.

—¿Es familiar de ella?

—No, soy el... solo un amigo.

—¿Conoce algún pariente a quien podamos llamar?

—No tiene a nadie.

—La doña se vio muy mal. Fueron tres días en la unidad de cuidados intensivos luchando por salvarla. Estaba completamente ida y sin movilidad. Desde ayer ha tenido una notable mejoría, por eso la trasladaron a esta habitación.

—Mire, enfermera, está despertando.

—Misiselin… Misiselin, ¿cómo se encuentra hoy?

—Me siento… tengo mucho sueño.

—Sí, es natural que tenga sueño porque el suero tiene un sedante. Lleva cuatro días hospitalizada; está delicada del corazón por el infarto. Se desmayó en su casa, ¿lo recuerda?

—¡Carmelo! ¿Qué haces aquí, a quién dejaste en el puesto? Esta manguita plástica en la nariz me molesta para hablar.

—Me está confundiendo, soy Olmes, ¿no me reconoce?

—¿Dónde... dónde está Sandro? ¿Dónde está mi hijo?

—Misiselin, ¿ya olvidó que su gato se murió? Tuvimos que enterrarlo.

—¡Ay, Dios mío! Carmelo, no me digas eso... no puede ser que lo enterraste sin que me despidiera de él.

—No..., no se quite el oxígeno. Por favor, tiene que calmarse.

—Sandro… mi Sandro.

—Vamos, anímese, póngase bien. Le prometo que cuando salga de aquí le conseguiré un gato. Vaya pensando en otro nombre. ¿Qué le parece El Puma o Camilo, como Camilo Sesto?

—Carmelo, no te hagas el gracioso conmigo, ¿cómo que El Puma? ¿Te crees que soy como todos tus clientes de la Plaza del Mercado? Soy una mujer seria.

—Ah, ya veo con quién me está confundiendo. Pues piense, ¿cómo lo llamará?

—¡Wilkins!

—Wilkins me parece perfecto. ¿Ve que todo en la vida tiene solución?

—Carmelo..., tengo que hablarle de Ventura.

—Misiselin, no soy su amigo, soy Olmes, ¿no me recuerda? Además, no es el momento, está muy delicada de salud, esperemos unos días.

—No puedo esperar, Carmelo, tengo que contarte lo que ocurrió. ¿Quién es ella?

—Misiselin, soy la enfermera de turno. Vine a cogerle la presión. ¿Pero, por qué está llorando?

—No te vayas, Carmelo, que esta mujer me va a hacer daño.

—Tranquila, está muy alterada. Ella es una enfermera muy buena. Vamos, contrólese.

—Mamita, te tienes que portar bien; no te hales la cánula de oxígeno, pues no mejorarás y no te podrás ir pronto para tu casa.

—La que se va es usted. Esta es mi casa y aquí mando yo. Carmelo, no me dejes sola con ella. No sé quién es esta mujer.

—Misiselin, no trate así a la enfermera, ella solo la quiere ayudar.

—¿Ella me cuida?

—Sí..., claro, ha estado pendiente de usted en estos días.

—Esta bien, mamita, me voy, los dejo solos.

—¡A mí no me diga mamita, yo no soy la madre suya!

—Regreso ahora, Misiselin, voy a salir para hablar con la enfermera.

—¡No…, Carmelo, no me dejes sola!

—Enfermera, ¿me puede decir por qué Misiselin está desorientada?

—Muchas personas mayores se desorientan cuando llevan días en el hospital; además, los tranquilizantes en algunos casos las ponen a hablar disparates.

—Pero, es que…

—Le recomiendo que hable con el médico.

***

—Buenos días, ¿puedo pasar? Misiselin, mire lo que le traje.

—¡Sandrooo, mi hijo! ¿Quién es usted, por qué tiene a mi Sandro?

—¿Qué va a hacer? No se puede levantar de la cama.

—Tengo que darle comida.

—Misiselin, ¿todavía no se ha dado cuenta de que está en un hospital? Su casa está allá en Miramar.

—Sí, está bien, ya lo tengo claro, pero Sandro debe tener hambre.

—¡Adelante!

—Hola, señor Olmes. Hacía días que no lo veía por aquí.

—Vine a ver cómo sigue la paciente y a traerle un regalo.

—Ah, mi amor, te trajeron un peluche, ¡qué bonito!

—Esto no es un peluche, ¿qué se está creyendo? Es mi hijo Sandro. Hágame el favor y salga de mi casa. ¡Qué falta de respeto!, llamándome mi amor. Usted es una fresca; no soy nada suyo.

—Misiselin, por favor, no trate así a la enfermera que vino a traerle sus medicamentos.

—Despreocúpese, todo el personal de este piso ya está acostumbrado a su carácter. Tanto es así, que hasta una de nuestras enfermeras se ha encariñado con ella. Con frecuencia viene a hacerle compañía. ¿Siempre ha sido así de cascarrabias?

—Bueno, apenas tengo un mes que la conozco, pero esta doña se las trae. La veo más desorientada que hace unos días.

—Ha pasado por un gran trauma. Ya le hicieron las pruebas psicológicas y no recuerda nada. Se amanece gritando porque Ventura se la quiere llevar.

—Eso es así; vivir en la casa con un cadáver traumatiza al más cuerdo. Precisamente ayer nos llegó la autopsia de su marido y reveló que murió desnucado. Parece que al intentar salir del refrigerador resbaló y se dio un gran golpe en la nuca. Los ancianos a esa edad son muy frágiles. ¿Usted nos podría dejar solos un momento?, por favor.

—¿Qué están hablando de mí? Salga ahora mismo, si no quiere que le llame a la policía. Carmelo, tú no; que se vaya ella.

—Sí, ya se va, no se preocupe. Oiga, Misiselin, hace mucho que no me cuenta de su vecina Gloria. ¿Cómo está?

—¡¿Gloria?! Y quién es esa mujer…

—A la que usted le prestó el san Alejo. ¿Por qué hace la señal de la cruz?

—¿Quién es ese santo?… ¿cómo es que se llama?

—San Alejo.

—Ah, sí.

—Sabe, muy pronto le devolveré el cuadro. Su insistencia por tener consigo al santo me llevó a los hallazgos más importantes del caso: la carta y la foto que estaban escondidas dentro del marco. Son una gran evidencia para el esclarecimiento de la muerte de Gloria.

—Ay, Carmelo, de qué te lamentas... Súbeme a Sandro a la cama, no sé qué hace en el suelo... Me duele el alma… Tengo mucho frío…

—Misiselin, vine por poco tiempo; además, tengo que pasar por la sala de intensivo para hablar con Mayté. ¿Tampoco se acuerda de ella?... Bueno, me voy. Le prometo que volveré.

—No, no te vayas. En esta casa entran, de día y de noche, esas mujeres extrañas para hacerme daño. Mira cómo me tienen los brazos por los golpes que me dan.

—No llore. Tranquila, pronto saldrá de aquí, ya verá.

—Te lo ruego, sácame de aquí. Tal vez no me encuentres cuando vuelvas. Me quieren matar. No hay quién me defienda, por favor, no me dejes sola, voy a morir pronto.

—Se lo aseguro, no le pasará nada.

—¡Carmelo, tengo mucho miedo!

-15-

Viejo, te confieso que este ha sido uno de los casos más extraño en mi carrera como investigador. Imagínate, llegar a la escena del crimen y encontrar a una mujer boca arriba sobre un montículo de arena, con una varilla atravesada por el pecho, el traje levantado, los pantis a la altura de las rodillas y, para colmo, una botella de vodka Absolut, con un arete adentro, metida en la vagina. El escenario del asesinato era una construcción en Miramar de una torre de apartamentos que apenas estaba a nivel de los cimientos. Lo increíble fue encontrar allí a este hombre obeso sentado sobre unos bloques contemplando embobado el cadáver; estaba pensativo, como si se hubiera arrepentido de incurrir en un disparate irremediable. Sí, ese mismo. ¿Quién no conoce en esta isla a Domenico Lucania de la Vega? El Desarrollador, el típico machote italiano trajeado, con gafas de sol. Era un oportunista. Se valía de cualquier artimaña para lograr sus objetivos, con o sin el consentimiento de las personas. A mí me recordaba al mafioso Frank Costello.

Algo que aprendí de los procesos policiales en mis primeros días de investigaciones fue que, si el lugar de los hechos no brinda suficiente información, entonces hay que desplazarse rápidamente a la casa de la víctima por si acaso se encuentra una nota, o cualquier pista o prueba que ayude a esclarecer el crimen. Así lo hice. Cumplí con la regla y también obedecí a mi intuición. Asigné a un par de agentes para proteger y preservar las evidencias halladas en el lugar. No podía darme el lujo de que la investigación se afectara. En el momento en que el Desarrollador me dio la dirección de la occisa, me dirigí al apartamento ubicado a dos calles más arriba de la construcción. Tuvimos que forzar la puerta para entrar. Dentro nos esperaba la segunda sorpresa: una mujer aturdida trataba de levantarse del sofá, queriendo apartar de entre los senos una botella similar a la que encontramos en el cuerpo de Gloria. No tenía alcohol, pero sí la otra pantalla. La mujer se incorporó y no sabía por qué estaba en el apartamento de la vecina. Le pregunté el nombre y me contestó: Mayté. Su último recuerdo fue irse de juerga con Gloria y regresar a Miramar, caminando bajo la lluvia, después de no esperar el taxi que les llamó el barman.

Salí frustrado del apartamento al darme cuenta de que la investigación apenas iniciaba y ya se estaba complicando. Durante ese tiempo no encontré ninguna pista que conectara a Gloria y el asesino. Sin embargo, no descarté la idea de hacer un rastreo más minucioso con el fin de hallar cualquier cosa de interés que me diera indicios de quién pudo haber sido el criminal. Al salir de la casa de la víctima, supe que ella trabajaba en Together, una discoteca en Santurce donde hay «damas del espectáculo». Me dirigí de inmediato al lugar. Allí me encontré con un joven limpiando el negocio. Al darle la noticia, el rostro de Jorge, así se llama, se le enrojeció y empezó a llorar. «¡La diva, mataron a la diva! ¿Dónde ocurrió?, ¿cuándo pasó?, ¿quién lo hizo?, ¿por qué lo hizo?», preguntaba sin parar. Le dije que se tranquilizara; podía contestarle las dos primeras interrogantes, pero para encontrar al culpable necesitaba que me contara todo lo que sabía de Gloria Saleta.

—Bueno, no sé qué tanto le pueda ayudar. Ni siquiera conocía su apellido. Aquí la conocíamos por Glori y nada más.

Quedé muy satisfecho con lo que Jorge me contó. Gloria no se había presentado a trabajar desde el martes de la semana pasada porque el novio, un tipo millonario, le había dado una paliza. Él lo sabía de buena tinta porque un amigo de la pensión donde vivía se lo dijo, pues presenció el incidente.

—Renato se la tiró cuando Domenico estuvo de viaje. Oficial, perdone mi vocabulario, pero al pan, pan y al vino, vino.

Jorge entendió que no lo traicionaba al decirme todas estas cosas, pues el mismo Renato se las contó una tarde a Bartolo, el dominicano de la pensión, cuando estaban sentados en el balcón, mientras se ligaban a las mujeres que caminaban por la acera. Incluso, me dijo que el individuo trabajaba solo un par de horas a la semana en el Together, porque el Desarrollador le ofreció que laborara *full time* en su empresa. Hasta me mostró un álbum para que viera a la diva, como le decía a Gloria, en algunos de sus espectáculos. Ahí descubrí una foto que indentificaba a Renato Pintardila como el empleado estrella del Together en diciembre del 1985. Por el fondo oscuro de la imagen, en la que se apreciaban las puertas de los baños, me percaté que se la tomaron allí mismo. Llevaba el pelo suelto, que le daba por los hombros; además, lucía una barba y bigote sin delinear. La pedí prestada; quería tener una imagen de su cara. Le entregué dos tarjetas de presentación: una para él, para que me llamara por si acaso recordaba algo más que ayudara a esclarecer el crimen, y otra para el colombiano. Le solicité a Jorge que le dijera a Renato que era preciso hablar con él porque debía entrevistarlo también. ¿Ves cómo se va complicando el asunto? ¡Quién sabe si pudo existir un triángulo amoroso! Renato y Domenico estaban interesados en la vedete, pero la pregunta que me surgió fue: ¿a cuál de los dos quería ella realmente? Esto parecía un crimen pasional.

Esa tarde del viernes, 5 de diciembre, cuando cité al Desarrollador en mi oficina, no saqué nada en concreto; sin embargo, noté cómo le cambió el semblante desde el momento en que le pregunté por Renato. Quería observar su reacción al insinuarle que Gloria salía con el colombiano. Se puso furioso y balbuceó unas palabras en italiano, algo así como «hijo de puta». A pesar de ello, cambió de actitud. Él estaba seguro de que su empleado no se iba a enredar con la novia del jefe; todo aquello era un malentendido. Renato siempre le había demostrado ser honesto y fiel.

Ese mismo día, también entrevisté a Misiselin, quien descubrió el cadáver por estar detrás del gato. Con ella ocurrió lo mismo que con Domenico y Mayté, eran más las evasivas que las respuestas con sentido. Por un instante llegué a pensar que cualquiera de los tres conocía al victimario y lo estaba ocultando o quizás entre ellos se encontraba el autor del crimen, aunque me faltaba confrontar al otro sospechoso: Renato. Como nadie quería cooperar, excepto Jorge, era preciso buscar a otra persona, ajena a todo el drama montado por los susodichos. Y no existía mejor lugar para encontrarla que en el establecimiento donde muchos vieron a Gloria con vida por última vez. Esa misma noche me dirigí al *pub* en Condado. Nunca había estado allí. Tú sabes que soy más del buen comer y no tanto del beber. El portero me informó que la noche anterior la dama llegó acompañada con una amiga. Por instrucciones del barman, Peter Hynson, a Gloria se le permitía pasar sin hacer la fila en noches de mucha congestión. Él era quien la conocía porque fueron compañeros de trabajo en el Together. Fue frustrante no encontrar al moreno alto y robusto que me describieron. Lamentablemente, había salido en la mañana para Nueva Orleans porque su primogénita nació antes de tiempo. Así es la vida: unos nacen, otros mueren, mientras el mundo sigue girando sin parar. Otros empleados me brindaron la misma información; si quería saber algo sobre Gloria, tenía que esperar dos semanas a que regresara Hynson. Durante todo el tiempo que estuvieron las dos mujeres en el establecimiento, no se presentó el dueño.

Al salir del *pub* me olvidé de Gloria, del crimen, de las dudas, del drama y del día largo que había tenido. Sin pensarlo dos veces, me fui a la fiesta de cumpleaños de mi amiga. Como siempre, soy el último en llegar a las actividades sociales y esta vez no fue la excepción. La pasamos muy bien. Acepto que la bebida y yo no mezclamos para nada, pero, como tú me has dicho, de cuando en vez debemos alzar la copa para brindar por los amores, encender las pasiones y olvidar el tedio. Despedimos a todos los invitados como a las dos de la madrugada y me quedé a dormir con ella. El sábado desperté exaltado a las diez de la mañana; fui de inmediato a mi casa a cambiarme de ropa. Quería pasar por la pensión donde vivían Jorge y Renato.

Parecía que la fatalidad impedía resolver el caso de Gloria, pues Jorge me informó sobre la ausencia del colombiano. Se había ido, con una maleta, en un taxi blanco. Según el joven, Renato no dio ninguna explicación hacia dónde se dirigía. Jorge percibió que, al despedirse de él con el habitual apretón de manos, se las sintió frías y temblorosas. El compañero de pensión también me comentó que le resultó extraño que en el momento de avisarle sobre la muerte de Gloria, ya él estaba enterado. No supo cómo Renato tuvo conocimiento del asunto. Le pedí prestado el teléfono al dueño de la pensión para llamar a la compañía de taxis Rochdale. Era muy importante localizar al chofer que, hacía tres horas, recogió a un pasajero en la calle Lippit, para saber adónde lo había dejado. La respuesta no tardó en llegar: en el aeropuerto.

Con esta huida repentina era evidente que el colombiano se convertía en el principal sospechoso de la muerte de Gloria. El problema era cómo podría localizarlo, pues no aparecía en los listados de las aerolíneas porque probablemente usaba un nombre falso. Los posibles destinos a los que se pudo haber ido Renato eran tantos como el número de países existentes en la tierra. Tendría que comenzar a buscar una aguja en un pajar.

***

Un buen día comenzaron a llegarle los anónimos al buzón de Mayté:

Mayté, a su amiga la mató un hombre.

Me llamó la atención que el emisor se dirigió a ella empleando un trato de respeto como los que utilizan los colombianos, por lo que sospeché de Renato y de que no se había marchado de Puerto Rico. Este fue el primer mensaje de cuatro, el único enviado por correo.

Soy un cobarde.

Sí, tenía que serlo, porque ocultar el rostro detrás de unas palabras sin firmar es un acto de cobardía. Por lo menos, dio el indicio de que era un hombre. Para salvaguardarse envió otro mensaje el 29 de diciembre:

Mayté, no puedo confesarle quién mató a su vecina. Lo siento, pero no me conviene. Aunque le aclaro que no soy el asesino.

¿Por qué no le conviene a alguien denunciar a un criminal? Por temor a una represalia o porque hay conflicto de intereses. El último anónimo llegó el 31 de diciembre:

Mayté, no puedo más. Domenico es el asesino.

Era evidente que el autor estaba sufriendo una angustia profunda. Me imaginé que se sentía culpable de saber quién era el asesino y no haberlo denunciado de inmediato. ¿Por qué si antes temía por su vida, ahora inculpaba a uno de los hombres más influyentes del país? Desde luego, nadie se atrevería a decirle al Desarrollador a la cara que él mató a Gloria. Fuera quien fuera la persona que enviaba los anónimos, daba la impresión de que presenció el asesinato. No sé por qué me volvió a la mente el nombre de Renato. No había podido dar con él, pero me afianzaba en la premisa de que aún vivía en la isla. A lo mejor utilizó una coartada para protegerse mientras descubría al culpable. Ciertamente, el colombiano no quería cargar con el crimen de otro. Por supuesto, estas eran conjeturas, pero de ellas se descartaron hipótesis y se sacaron conclusiones.

Me propuse hostigar a Mayté, a Misiselin y a Domenico hasta que alguno confesara la verdad sobre el crimen. Por experiencia, uno se da cuenta cuándo una persona miente y los tres me ocultaban algo. Aprovechaba cualquier oportunidad para visitar a Misiselin; me aparecía de sorpresa en el Dupont o en la construcción de Miramar para importunar el trabajo del Desarrollador; en otras ocasiones, pasaba por el Doctor's Hospital, sin avisar, para hablar con Mayté, pero mis gestiones no daban buenos resultados. Lo importante era provocar que mi presencia fuera perturbadora para ellos y se convirtiera en un infierno capaz de hacerlos hablar de una vez y por todas, aunque les costara la libertad. Mi insistencia no valió de mucho. Sin embargo, Misiselin no se percató de que la obstinada exigencia de recuperar un cuadro de san Alejo, en el apartamento de la occisa, me permitió descubrir el gran secreto guardado por Gloria hasta el día de su muerte.

Tú sabes que no creo en supersticiones, pero un agente se vale de cualquier medio para tratar de resolver un asesinato. Por esta razón, consulté a una santera para que me aclarara por qué una fotografía y una carta estaban ocultas dentro de la imagen del santo. El propósito de invocarlo es para que aleje a una persona de otra para siempre. En este caso es una mujer la que perturba la vida de otro ser. Además, si hay una foto en la que aparecen los implicados del problema, la ruptura es inmediata y definitiva. También, me aclaró que si los objetos son propiedad de la enemiga es mucho mejor, porque la energía espiritual sigue pegada a esas cosas. El sobre estaba semiabierto, con el fin de introducir una foto de bodas, dos por dos, doblada por la mitad para que los rostros de los novios quedaran separados. Curiosamente, en la foto la novia tenía unas pantallas iguales a las que se encontraron dentro de las botellas. El destinatario nunca se enteró del contenido de la carta; yo fui el primero en leerla.

***

Una investigación es como la raíz de un árbol extendida por cualquiera de los rincones más recónditos de la tierra. Te aseguro que, a través de ella, se revelan muchos secretos. Mira a Mayté: por malversar fondos en una institución bancaria en Miami, tuvo que cumplir catorce años de una sentencia de quince. Domenico, uno de los hombres más poderosos del país, se atrevió a convertir el Dupont Plaza en un burdel de lujo para una élite. Fíjate en la pobre Misiselin… Nunca le creí eso de ingresar al esposo en un asilo. Pensé que Ventura estaba hastiado de ella y por eso la abandonó. Algo parecido le sucedió a una pareja de ancianos que conocí hace bastante tiempo. No sé si ya te he contado la historia de don José que, un día, disgustado con su señora, llamó a una nieta residente en Nueva York para decirle: «To' e'ta plancha'o». Y se fue con ella. Bueno, esa es una historia larga y muy triste. Al pobre viejo nadie lo atendía, y hasta su esposa no lo quiso recibir otra vez alegando abandono de hogar, pero a él tampoco le interesaba regresar a su casa; entonces resolvió irse a una residencia de ancianos. Por eso, deduje que Ventura estaba harto de las cantaletas y el maltrato de Misiselin y decidió recluirse voluntariamente en un hogar de envejecientes. No le presté atención a su desaparición porque él no estaba en el panorama cuando murió Gloria y, además, los vecinos aseguraban que sufría de demencia senil y otros achaques propios de la edad. Por otro lado, pensé que se había ido con otra mujer, porque un día me enteré de que Ventura, en la juventud, tuvo un desliz con una vecina y abandonó a Misiselin por varios meses. Tal vez, esa presunción no era muy disparatada. De Renato averigüé que era un indocumentado y de *handyman* había pasado a ser mesero de una discoteca, para luego convertirse en el hombre de confianza del desarrollador más mañoso de la zona metropolitana.

A las dos semanas me presenté al *pub* de Condado para hablar con el barman. Encontré a Aureliano, el dueño de ese negocio y del Together, y me indicó que Hynson estaba tan ilusionado con su hija recién nacida que, por esa razón, no regresaría a Puerto Rico hasta principios de año. Con todo y eso, me entregó un número de teléfono para llamarlo a Nueva Orleans. Aproveché la oportunidad para hacerle un par de preguntas a Aureliano, quien me manifestó conocer a Gloria a partir del 1970. Sus contestaciones no arrojaron nada nuevo a la investigación. Durante toda una semana intenté comunicarme con Peter Hynson, pero al parecer el teléfono estaba cortado o sufría una avería. No fue hasta la mañana del domingo 28 cuando, por fin, escuché un *hello*. El mismo Hynson contestó. Conocía a Gloria desde el primer día en que ella comenzó a trabajar en Together. Lo trasladaron al nuevo *pub* de Condado por su destreza en la confección de tragos exóticos y en la ejecución de malabares con las botellas. Eso atrae a los turistas. Bueno, al hombre le sorprendió ver esa noche a

Gloria con una mujer muy rara; dijo que parecía ser más una sirvienta o una dama de compañía que una amiga. No estaba a la altura de ella ni de las mujeres habituales del local. Hynson notó cómo la acompañante de la vedete mostraba una actitud un poco esquiva y algo nerviosa. No había transcurrido una hora de la llegada de Gloria con la mujer, cuando el barman descubrió un charco sobre el tope de la barra, justo debajo del bonsái de ficus en la esquina del mostrador. Al pasarle un paño para secarlo, olfateó el aroma del licor. Palpó la tierra húmeda dentro del pequeño tiesto y comprobó que estaba saturada de líquidos. La muy descarada estaba vertiendo el vodka sobre la planta. El cantinero secó la superficie un par de veces, mirándola fijamente a los ojos para que se diera cuenta de que la había descubierto. No pudo limpiar la tierra del bonsái porque tenía varios pedidos que despachar y con el trajín de la barra se le olvidó el asunto.

Luego, le llamó la atención ver a Mayté sacar rápidamente un frasco de la cartera, verter el contenido en el vaso que antes contenía vodka y bebérselo de un sorbo, aprovechando la ausencia de Gloria, quien bailaba. Hynson sospechó de alguna droga y al advertir el vaso vacío, procedió a retirarlo con disimulo para curiosear cuáles eran los residuos. Fue muy fácil saber el contenido por el olor penetrante de ambos productos: huevo crudo y aceite de oliva. Entonces, como barman, recordó la famosa fórmula rusa que se ingiere cuando se quiere beber vodka sin emborracharse.

***

Iba a salir de la oficina a almorzar, cuando sonó el teléfono. Le hice señas con el dedo a mi asistente para que le dijera a quien fuera que no me encontraba. Pero al contestar, él me comentó que era importante.

—¡Por fin me llama! Renato, ¿dónde está?… Lo he estado buscando por todos lados, pero nadie da señales suyas.

No contestó. Rápido escribí una nota y se la pasé a uno de los oficiales para que rastreara la llamada. No fue necesario esperar por el resultado porque escuché una voz masculina de la megafonía del aeropuerto que anunciaba la partida de un vuelo para Madrid. De todos modos, necesitaba retenerlo en la línea telefónica en lo que interceptaban la comunicación. No quise advertirle que ya sabía donde se encontraba.

—Renato, que bueno que me ha contactado. Tengo la certeza de que usted tiene información valiosa y puede ser pertinente para esclarecer el caso de Gloria Saleta.

—Lo único que sé es que Mayté es inocente. Ella no tuvo nada que ver con la muerte de Glori.

Colgó el auricular. Pero un instante antes, el agente me advirtió, con la mano en señal de victoria, que había localizado el teléfono. La cabina se encontraba en el pasillo central al frente del área de espera de la puerta de salida B. Esa zona estaba destinada para los vuelos internacionales. Activé un operativo el cual incluía localizar los pasajeros viajando solo a Colombia, República Dominicana y Venezuela. En la lista de las tres de la tarde, con destino a Bogotá, apareció el nombre de Renato Pintardila. De inmediato, me puse en contacto con la seguridad del aeropuerto, les di la descripción del colombiano para que lo mantuvieran vigilado sin levantar sospecha. No quería que lo arrestaran antes de tener una conversación con él sin la presión de estar detenido.

Salimos con urgencia, activando la sirena, hacia el terminal aéreo. No tardamos ni media hora en llegar a pesar de que el tránsito al mediodía estaba insoportable; fue algo inexplicable. El hombre esperaba la salida de su vuelo en el restaurante ubicado en el extremo opuesto de la puerta B. La melena había desaparecido; ahora llevaba el pelo corto y sin rastros de ellos en la cara. Lo encontré fumando. En el cenicero reposaban varias colillas. Cuando me acerqué a su mesa noté que me miró de arriba abajo. Por supuesto me identifiqué y le comuniqué que le haría un par de preguntas. Se puso muy nervioso. La primera que le lancé fue: «¿Sabe que Gloria era transexual?».

Renato quedó desconcertado con la singular pregunta, pues, según me confesó, nunca se dio cuenta de que había acariciado un cuerpo transformado. Insistió en esclarecer que él era un hombre y que jamás ha tenido inclinaciones homosexuales. Quiso que yo no tuviera ningún margen de dudas. Luego de la aclaración, decidió confesar lo que sabía de Domencio y sus oscuros negocios. Renato inició su relato; recordaba cada detalle y frase emitida por el Desarrollador, hasta llegar al 31 de diciembre.

—¡¿Que estuviste en el Dupont la tarde del fuego?!

—Sí, Olmes. Llegué al hotel muy alterado y le grité a Domenico, quien jugaba una mano de póker, que nadie en La Perla iba a morir esa noche. Domenico me empujó hacia un rincón para que me tranquilizara. Comentó que sus acompañantes de juego eran los accionistas del proyecto; por lo tanto, no quería escándalos delante de ellos. «¡Lárgate ahora mismo!», me ordenó entre dientes. Entendí muy bien su amenaza: Si no obedeces mis órdenes, no verás el nuevo año.

»El Día de los Santos Inocentes me propuse que nadie iba a morir. La noche del 31 los residentes de La Perla no corrían ningún peligro. Me levanté temprano esa mañana a llevar el último anónimo a Mayté y me fui para El Morro. Les informé a los hombres que iban a instalar la tarima y el sonido que el espectáculo se había cancelado porque la vida del senador Carelio Paredes corría peligro y una turba del partido contrario iba a boicotear la fiesta. Uno de los trabajadores les comentó a los otros que yo trabajaba para Domenico. Le firmé la hoja de relevo de responsabilidad y se fueron. A ellos les daba igual si había o no celebración de Año Viejo, pues el alquiler del equipo se pagó por adelantado. Luego, me dirigí a la barriada y toqué algunas puertas, de gente apreciada, para darles la noticia de la cancelación de la fiesta. Les pedí que se corriera la voz entre unos y otros. Ya no existían los explosivos. En los últimos dos días, me encargué de vaciar los cartuchos de dinamita y llenarlos de arena, dejándolos en los sótanos. Fui tirando al mar toda esa basura para que no la pudieran usar nunca más. Disfrutaba ver, sentado en una roca, cómo la mezcla explosiva de nitroglicerina con otras porquerías desaparecía en el agua con el agitado vaivén de las olas.

»El Desarrollador me ordenó que abandonara el casino. Salí del lugar gritando como un desquiciado que nadie moriría. Casi enseguida lo escuché llamándome muy alterado, mezclando el español con el italiano. Cuando atravesé el umbral de la entrada del casino para salir al vestíbulo, cerraron las puertas de cristal. Un par de segundos antes y no se lo estuviera contando. Domenico quedó atrapado dentro y me exigía con una autoridad frenética que fuera por ayuda. Quería que el personal de seguridad abriera las puertas del casino, pero eso fue imposible porque la gerencia mandó a cerrarlas para evitar que saquearan la sala de juego. Él trataba de decirme algo, pero lo único que escuchaba eran gritos por todos lados. Vi cómo se derrumbaba un imperio cuando el Desarrollador se iba deslizando del otro lado. Cayó al suelo y fue pisoteado por la gente. Mientras pretendía abrirse paso con las manos, también pataleaba para salir de aquel infierno, hasta que dejé de verlo por la cantidad de personas que se encontraban apretujadas contra el cristal. El humo me estaba afectando, y gracias al gentío que corría hacia la calle desperté de la inmovilidad pasmosa que tenía mi cuerpo observando aquella escena apocalíptica; de lo contrario, hubiera caído aplastado también.

—Ahora confirmo muchas cosas. Siempre sospeché que usted enviaba los anónimos. Además, por Misiselin supe que usted tenía acceso al área de los buzones y a la puerta de entrada al edificio porque ella le había dado varias llaves.

—Sí. Cuando me enteré por el periódico que Mayté y yo estábamos en la lista de los sospechosos, quise prevenirla para que no cargara con la culpa del crimen que cometió Domenico. ¡Era injusto!

—¿Cómo está usted tan seguro?

—Nunca tuve la menor duda. Ese día me citó en el tráiler del proyecto de Miramar. Al llegar, ya Glori estaba muerta y mi patrón, digo expatrón, se encontraba en el baño lavando la manga de su camisa, como le expliqué antes. Fui testigo cuando él la amenazó de muerte al botarla del hotel como si fuera una cualquiera, después de golpearla en la cara. Ya no tengo nada más que decir, oficial.

—Lamento informarle que a pesar de haberme contado su versión de los hechos, no podrá salir del país. Debo llevarlo a mi oficina para que preste testimonio bajo juramento de que conoce de primera mano quién fue el asesino de Gloria Saleta. Como usted está involucrado en varios delitos, tiene derecho a un abogado. Si todo sale bien, pronto será deportado.

***

Anoche, antes de acostarme, abrí la Biblia al azar como otras veces y leí una frase que me hizo reflexionar: «La misericordia se siente superior al juicio». De inmediato, recordé el grabado en el dintel de la puerta principal de la comandancia: «Pensaba que era destino de las leyes no menos socorrer a los ciudadanos que amedrentarlos». De tanto repetirla, no pude conciliar el sueño.

—¡Olmes, otra vez por aquí! Tengo la impresión de que no me va a dejar en paz.

—No crea que es así. Vine a ver si Misiselin ya estaba en su apartamento, pero me dijeron que todavía sigue en el hospital. Por eso, aproveché la visita para aclarar unas dudas y hacerle un par de preguntas. ¿Me permite pasar?

—Dígame, ¿qué quiere ahora? ¿Cuántas veces tengo que repetirle que no recuerdo nada?

—Mire, Mayté, creo que es hora de que deje de hacer teatro. Sabe muy bien a lo que me refiero. Estoy convencido de que lo recuerda todo. Ya sé que sufre de amnesia cuando se emborracha, también sé del vodka derramado en el bonsái y lo de la receta del huevo crudo con aceite de oliva.

—¡¿Qué está diciendo?!

—¡Lo que oye! La noche que usted salió con Gloria, se tomó un brebaje similar, porque tenía que estar muy sobria y alerta frente a su vecina. Ese día usted descubrió que Gloria Saleta y Gerardo Salas eran una misma persona. Fue muy interesante que buscando evidencia por aquí y por allá, me encontré con la foto de su boda en un sobre oculto dentro del marco de un santo que Misiselin le prestó a Gloria, Glori, Gerardo o como se llamara.

Mayté comenzó a llorar al sentirse descubierta. Enseguida me vino a la mente una sabia advertencia que siempre mi vieja daba: «Cuidado con las lágrimas de las mujeres, porque son como las de los cocodrilos cuando devoran a sus víctimas». Quise obviarla, porque estaba seguro de que las de Mayté eran auténticas; noté que su semblante reflejaba angustia y tristeza. No le comenté que Renato había declarado a su favor, porque quería escuchar su versión de los hechos.

Me contó que se había casado enamorada. Pero el tipo la involucró en el desfalco al banco donde ella trabajaba para llevarse, él solo, todo el botín, dejándola desamparada y en el olvido. Cuando se dio cuenta de que su esposo tenía más de tres semanas que no la visitaba en la cárcel, decidió llamar a Jonathan, el excompañero de apartamento de Gerardo, quien prefirió mudarse a otro lugar después de la boda de su amigo. Durante la llamada, Jonathan le explicó sin miramientos quién era realmente Gerardo Salas. No tuvo reparo en contarle que él nunca la había querido, que simplemente la utilizó con el único fin de lograr su objetivo. Fue tanta la infamia que Mayté escuchó al otro lado del teléfono, que no soportó saber lo que Gerardo haría con el dinero y colgó. En ese instante, ella le escribió la carta que su marido nunca leyó, como te dije. No cesaba de llorar. Le di mi pañuelo para que se secara las lágrimas.

Mayté me relató su vida con palabras marcadas por el resentimiento y la decepción. Su testimonio terminó cuando me confesó: «Gloria estaba superborracha y tenía deseos de orinar, no le daba tiempo de entrar al baño del tráiler. En medio de la construcción se bajó los pantis y se puso en cuclillas… aprovechó un montículo de arena en el suelo. El poste de la acera alumbraba el terreno y la vi orinar. Allí me quedé parada sin hacer ni decir nada esperando no sé qué cosa; a pesar de que un minuto antes me había botado de mala manera del lugar, con todo y eso le exigí que me dijera cuál era la relación entre ella y Gerardo Salas. Fue entonces cuando se levantó rápidamente, para gritarme con tono de burla:

»—Para que te enteres de una vez y por todas, Gerardo Salas ya no existe. Y más aún, ¿quieres saber lo que hizo con tu dinero? ¡Esto! —dijo levantándose el vestido y echando las caderas hacia el frente—. ¡Mira, es igual a la tuya! ¡Es más, me quedó más linda!

»La sangre se me subió a la cabeza, estaba furiosa; incluso me vino a la mente lo que Jonathan intentó decirme en cuanto a qué haría mi exmarido con el dinero hurtado. Fui una estúpida al colgar el teléfono antes de terminar la conversación. Tenía ganas de estrangularla, pero lo único que hice fue insultarla y decirle que era una zorra y la empujé para apartarla de mi vista… Como estaba borracha y parada en la arena, los tacones de sus zapatos se les atascaron mucho más, y perdió el equilibrio. Cayó de espalda sobre una varilla de una zapata que estaba cerca del montículo de arena. No podía dar crédito a lo que veía: el hierro se le había clavado en su espalda hasta perforarle el pecho. ¡Fue un accidente, una terrible desgracia! Nunca tuve la intención de matarla, aunque juré que Gerardo me las pagaría por todo lo que me hizo. Jamás me imaginé que mi venganza terminaría con su muerte y menos aún que le colocaría uno de mis aretes dentro de la botella de vodka vacía, para introducirla en su costosa vagina. ¡Ya todo está cumplido! Vine a buscar a un hombre y me encontré con una mujer. Esta es mi historia. No hay testigos a mi favor ni tampoco coartada. Haga lo que tenga que hacer, pero que sea pronto.

El cuento del cambio de sexo no me sorprendió porque ya sabía que Gloria era un hombre por el resultado de la autopsia. Tampoco existía ningún certificado de nacimiento a nombre de Gloria Saleta. Lo que sí comprobé es que sus dos iniciales coinciden con las de Gerardo Salas. Me di cuenta de que en la mesa del comedor había un pasaje y dos maletas aguardaban en el pasillo.

—Cálmese, Mayté. No se adelante a los hechos. Ya sé quién asesinó a Gloria.

—Pero…

—Ya no hay nada más de que hablar. Dentro de media hora habrá una rueda de prensa y en el noticiero de las seis de la tarde darán toda la información del caso.

—No entiendo...

—Mayté, ¿recuerda el último anónimo?

Sentí que me había convertido en juez de una causa justa. Esa mujer despué de un encarcelamiento por más de una década, también seguía sufriendo la prisión de la soledad y del desamor. No hubiera sido indulgente si, por un homicidio involuntario, la cárcel volviera a esfumar la ilusión de su libertad. Ella volvería a empezar de cero; a mí, sin embargo, me aguardaba la jubilación. Con Gloria Saleta se cerraba el último caso de mi vida profesional. Antes de irme, discretamente le sugerí que si el destino le ofrecía una nueva oportunidad, tuviera el valor de no darle la espalda. No podía dar crédito a lo que escuchaba y se sentó a llorar en el sofá. Aproveché que se cubría la cara con las manos y salí del apartamento sin que se diera cuenta. Viejo, no sé si hice lo correcto, pero… no me digas nada.

AMALGAMA G7
COLECTIVO LITERARIO
Y SUS AUTORES

Amalgama G7 es un colectivo literario constituido en el 2013 por escritores que pertenecen a la Generación del Sagrado Corazón. Este organismo, compuesto por cinco egresados de la maestría en Creación Literaria de la Universidad del Sagrado Corazón, se gestó por la iniciativa de Mara Daisy Cruz.

Luis Alejandro Polanco le propuso al gremio elaborar un proyecto innovador con el propósito de dar a conocer el colectivo literario. Polanco les sugirió a los compañeros una propuesta para escribir entre todos una novela policíaca.

Desde marzo del 2014 se comenzó a desarrollar *Nadie descubrirá tus huellas,* trabajo que se prolongó hasta abril de 2019, cuando sale al mercado en la 22ª Feria Internacional del Libro de Santo Domingo que tuvo a Puerto Rico como país invitado de honor.

EMILIO DEL CARRIL
Editor
País Invisible

LUIS ALEJANDRO POLANCO
República Dominicana, 1959

Escritor dominicano que reside en Puerto Rico desde hace más de veinticinco años. Es doctor en Filosofía y Letras con especialidad en Literatura Puertorriqueña y del Caribe del Centro de Estudios Avanzados. Asimismo, es egresado de la maestría en Creación Literaria de la Universidad del Sagrado Corazón, donde ganó la Medalla Pórtico por su excelencia académica. En el 1986 obtuvo el grado de arquitecto en la Universidad Autónoma de Santo Domingo. Es miembro de la junta editora de la *Revista de Estudios Hispánicos* de la Universidad de Puerto, Recinto de Mayagüez y de la revista virtual *Trapecio,* y funge como profesor en la Universidad Ana G. Méndez, Recinto de Carolina.

Su libro de cuentos *Rastros de sombra en la arena* y la novela *No habrá primavera en abril* obtuvieron el Premio Medalla de Oro 2017 y 2015 respectivamente, otorgado por la Asociación Internacional de Poetas y Escritores Hispanos. *Rastros de sombra en la arena* se llevó dos premios en el International Latino Book Awards 2017 y *No habrá primavera en abril* logró el segundo lugar en la categoría mejor novela de ficción histórica en el International Latino Book Awards 2015. En 2016, la Universidad Politécnica le otorgó el segundo premio por el cuento «En primera fila» y una mención de honor por el ensayo «Una mirada a la sexualidad y a la identidad sexual en la novela *Simone* de Eduardo Lalo». En el 2016 y 2017, la Cofradía de Escritores de Puerto Rico le otorgó una mención de honor por sus cuentos «Holy Writ» y «El último beso», respectivamente.

La Semana del Libro Dominicano en Puerto Rico, que se celebró en agosto del 2018, se le dedicó un día a Polanco. Fue jurado del 1er Concurso de Cuentos «Juan Bosch» del Taller Literario Narradores de Santo Domingo 2018 y finalista del Premio INDEX-PR a la Excelencia Dominicana 2018. Varios de sus cuentos, por otro lado, están publicados en *Narradores del mundo, Latitud 18.5, Entre libros, Poetas y narradores del mundo* y en las revistas *Identidad,* de la Universidad de Puerto Rico, Recinto Aguadilla; *Revista Le.Tra.S.,* de la Universidad Metropolitana de Bayamón (ahora UAGM); y en *Aurora Boreal* en Dinamarca.

MARA DAISY CRUZ
Puerto Rico, 1959

Posee una maestría en Creación Literaria de la Universidad del Sagrado Corazón y es la administradora de CiudadSeva.com, uno de los principales portales literarios del mundo. Fundó y dirige el Instituto de Formación Literaria, desde donde ejerce la filantropía cultural y educativa (institutodeformacionliteraria.org).

Su cuento «Castigo sin venganza» fue premiado por la Universidad Politécnica de Puerto Rico y «El mensaje rojo» en el II Concurso Internacional de relato breve GEEPP, en España.

Poemas suyos se han publicado en las antologías *Metamorfosis, V Grito de Mujer* (Puerto Rico) y *Turdus Merula* (España), entre otros. Ha publicado cuentos en *Desde el límite* (Puerto Rico), *Revista Le.Tra.S* (Puerto Rico) y en *Leamos cuentos y crónicas latinoamericanos,* (Venezuela). Sus cuentos también aparecen en las antologías: *Érase una vez un microcuento* (España), *Trabajo incompleto* (España), *Latitud 18.5* (Puerto Rico), *Vivir del cuento* (Puerto Rico), *Cuentos puertorriqueños en el nuevo milenio* (Puerto Rico) y en *Cuadernos de taller* (Puerto Rico).

Fundó y dirigió la importante revista literaria «Letras Nuevas». Fue secretaria de la Cofradía de Escritores de Puerto Rico y tesorera del PEN Club Internacional. Antes de dedicarse plenamente a la literatura, fue contadora.

AWILDA CÁEZ
Puerto Rico, 1972

Escritora, editora, consultora. Autora de *Adiós, Mariana y otras despedidas* (2010) con el cual ganó el Certamen Interuniversitario de Literatura realizado por la Universidad de Puerto Rico. El periódico *El Nuevo Día* seleccionó este libro como uno de los diez mejores del año. En el 2013 publicó *Manchas de tinta en los dedos*, un éxito de crítica y ventas. En el 2014 fue la antóloga de *Latitud 18.5: Antología de egresados de la maestría en Creación Literaria, Universidad del Sagrado Corazón*, con el cual ganó el International Latino Book Award en la categoría «Best Fiction Multi Author».

Sus cuentos han sido publicados en múltiples periódicos y revistas, y en antologías de Estados Unidos (*Palabras:*

Dispatches from el Festival de la Palabra), México (*Sólo cuento VI*), España (*Puerto Rico indómito*), Argentina (*Caminos del cuento*) y Puerto Rico (*Cuentos de huracán*). En agosto de 2014 el Municipio Autónomo de Caguas la proclamó Escritora Distinguida.

Posee un bachillerato en Administración de Empresas de la Universidad de Puerto Rico y una maestría en Creación Literaria de la Universidad del Sagrado Corazón.

LAYDA MELIÁN
(Yolanda López López)
Puerto Rico, 1956

Su primera novela, *La caída de Alejandro Curtos*, fue premiada por el PEN Club de Puerto Rico con mención de honor 2014. Ha publicado varios libros de cuentos: *Arturo Alfonso viaja en el tiempo*, *La niña que quiso contar cuentos, la vida de Pura Belpré y La culebra de Teresa*. Por otro lado, sus cuentos han sido presentados en la revista *Inopia* y en la revista digital *Trapecio*. Además, forman parte de la antología *Latitud 18.5* y de la antología *Divina, La mujer en veinte voces*. Su cuento «En el campo de Alfarero» recibió mención de honor en el Certamen de la Cofradía de Escritores de Puerto Rico y forma parte de la antología *Entre Libros*. Ha sido incluida en varias antologías poéticas del Festival Internacional Grito de Mujer: *Metamorfosis* (V), *Flores Silvestres* (VI) y *Sueños rotos* (VII), así como en *Muñecas,* antología internacional contra el abuso infantil. Sus poemas también han sido incluidos en *Poetas Intensos y Crianzas.* Es moderadora del taller de Cuento Básico en el portal de Ciudad Seva. Tiene un doctorado en medicina del Recinto de Ciencias Médicas de la Universidad de Puerto Rico y una maestría en Creación Literaria, con concentración en narrativa, de la Universidad del Sagrado Corazón.

MILAGROS GONZÁLEZ RODRÍGUEZ
Puerto Rico, 1952

En 1975 obtuvo una maestría en Ciencias Bibliotecarias de la Universidad de Puerto Rico. Es egresada de la Facultad de Derecho de la Universidad Interamericana de Puerto Rico, y desde el 1999 se desempeña como abogada procuradora del Tribunal Eclesiástico Metropolitano de San Juan. En el 2010, en un proyecto de complicidad literaria con su esposo, el escritor y profesor Dr. Luis Alejandro Polanco, se graduaron de la maestría en Creación Literaria de la Universidad del Sagrado Corazón y por su excelencia académica recibió la Medalla Pórtico. En junio de 2018, obtuvo el grado de doctora en Filosofía y Letras, con especialización en Literatura Puertorriqueña y del Caribe en el Centro de Estudios Avanzados de Puerto Rico y el Caribe.

Es miembro de la Cofradía de Escritores de Puerto Rico y del colectivo literario Amalgama G7. Por veinte años se desempeñó como funcionaria legislativa y directora de la Biblioteca Tomás Bonilla Feliciano de la Oficina de Servicios Legislativos del Capitolio. Actualmente, es profesora de la Universidad Ana G. Méndez, Recinto de Carolina.

Sus cuentos están publicados en las antologías *Narradores del mundo, Latitud 18.5, Poetas y narradores del mundo* y en la *Revista Le.Tra.S* de la Universidad Metropolitana de Bayamón (ahora UAGM). Para la antología *Entre libros* escribió un ensayo sobre el tema de las bibliotecas, por el cual recibió una mención de honor en el International Latino Book Awards 2017. Su novela inédita *La locura de las letras* está relacionada intrínsecamente con trastocar el perfil de varios personajes y el final de diversos cuentos muy reconocidos en la literatura universal.